教えすぎない教え

履正社高校野球部監督
岡田龍生

竹書房

はじめに

履正社高校の前身である福島商業高校が創立されたのは１９２２年のこと。その後、１９８３年に現校名となり、私が監督に就任したのは今から30年以上前の１９８７年のことである。

本書の中で詳しく述べていくが、私が監督となった当時の大阪はＰＬ学園全盛でその他にも強豪私学がひしめいており、本校のような名もない高校が甲子園出場を果たせるような甘い環境ではなかった。

しかし、当時の私は26歳と若く血気盛ん。さらに私自身、東洋大姫路野球部在籍時の１９７９年、春のセンバツでベスト４入りを果たしていた（当時は１番・サードで主将だった）こともあって、「努力を続ければ甲子園に行ける！」と本気で信じていた。だから周囲の白い眼をよそに、「目標は甲子園！」と公言してはばからなかった。

監督就任から10年を経た１９９７年、それまでの苦労が実を結び履正社は夏の甲子園初出場を遂げる。その後、二度目の甲子園出場までにはさらに9年を要し、２００６年に春のセンバツ初出場を決めた。以降はコンスタントに甲子園出場を果たしており、２０１１年にはセンバツ・ベスト4、２０１４年と２０１７年のセンバツでは決勝戦まで進み、２０１７年の決勝では大阪桐蔭との「大阪対決」も実現した。私が本校監督に就任してからの甲子園での成績は、春夏通じて11回出場、通算16勝11敗となっている。

近年の躍進もあって、最近では大阪桐蔭とともに「大阪二強」と呼ばれることも多くなってきた。弱小だった本校野球部が強豪へと成長できたのは、ひとえに選手たちががんばってくれたおかげである。

プロ野球で活躍しているＯＢも多く、高校通算55本塁打でオリックス・バファローズに入団し、２０１０年に本塁打王を獲得したＴ－岡田選手、トリプルスリーを史上初の三度達成した東京ヤクルトスワローズの山田哲人選手。同じくヤクルトから２０１６年に単独1位指名を受けて入団した左腕・寺島成輝投手は、３年夏にエースとして甲子園3回戦進出を果たす原動力となってくれた。また、２０１７年のセンバツ準優勝の際に主軸として活躍した安田尚憲選手も今、千葉ロッテマリーンズで一軍定着を目指しがんばってくれている。こういった現役のプロ野球選手であるＯＢたちの高校時代の話に関しても、本書で詳しく触れていきたい。

近年の本校の成績などから、私の指導者人生は順風満帆で歩んできたように思っている方もいらっしゃるかもしれないが、野球部監督に就任してからのこの30年間、振り返れば試行錯誤の連続だった。

とくに２００２年、私は「行きすぎた指導」によって半年間の謹慎処分を受けることになった。身から出た錆とはいえ、半年間の謹慎はこの身に堪えた。謹慎期間中、私は「指導者としてこれからどうあるべきか」を自分に問い続けた。

この半年間が、私の指導者人生の中でもっとも辛かった時期といっても過言ではないが、この期間を経たことで私は高校野球指導者として「選手たちの自主性」を第一に考えなければいけないことに気づき、大きな方針転換を図ることができた。

私が指導方針を転換したことで、野球部は少しずついい方向へと変化を始めた。しかしながら、本校は私学であるものの野球部が校内で特別扱いされることはほとんどなく、今では専用グラウンドもあるが、練習時間は平日で約３時間程度と他の公立校とほとんど変わらない。

そんな〝普通〟の環境にある私たちの野球部が、大阪桐蔭と対等に渡り合ってくることができたのは、先ほども言ったように「選手たちのがんばり」があったからである。２００２年以降、私は監督として選手たちに体力、技術を伸ばしてもらうための土台づくりにひたすら励んできた。選手たちの成長を促進するためには、何よりも選手自身が自発的に練習に取り組んでいくことが求められる。

私は今までその環境を整えることに力を注ぎつつ、「教えすぎない」よう細心の注意を払いながら指導を続けてきた。

私が悩み、苦悶しながら、いかにして選手たちの自発性、積極性を引き出してきたのか。そして、甲子園出場という大きな目標を達成してきたのか。そのすべてを包み隠さず、本書で明らかにしていきたいと思う。

教えすぎない教え

目次

第1章　大阪二強と呼ばれるまでの長い道のり

第2章　私はなぜ指導法を変えたのか――教えすぎない教えの真実

第3章 履正社からプロへと羽ばたいていった選手たち

第4章　**履正社の練習方法**――**甲子園に出場するための走攻守**

第5章　新時代〝令和〟を履正社はどう切り拓いていくのか

第1章

大阪二強と呼ばれるまでの長い道のり

超激戦区、大阪高校野球の現状

全国有数の激戦区として知られる大阪府は現在、代表校1校選出府県としての加盟校数は神奈川、愛知に次ぐ第3位（189校。2018年時点）である。

2010年以降、大阪府から春のセンバツに出場しているのは大阪桐蔭か履正社しかおらず、2017年の第89回大会においては、センバツ史上初の決勝戦で大阪桐蔭対履正社という、「大阪対決」を実現することができた（残念ながら3-8の敗戦だったが）。

そんな状況もあって、大阪桐蔭と本校を指して「大阪二強」と呼ばれることもあるが、私は大阪桐蔭とは実力的にも環境的にも、比肩する存在などとは微塵も思っておらず、大阪桐蔭に離されないよう、何とか食らいついていくことだけで精一杯である。

かつての大阪の高校野球界は、1960年代から1970年代にかけて「私学七強」と呼ばれる私立校（浪商〈現・大体大浪商〉、明星、興國、PL学園、近大付、北陽〈現・関大北陽〉、大鉄〈現・阪南大〉の7校）が君臨している時代があった。

そして続く1980年代から1990年代にかけては「PL学園黄金期」となり、2000年代からは大阪桐蔭が台頭を始め、現在は大阪桐蔭がかつてのPL学園を彷彿させる強さを誇っている。

そんな日本最強の大阪桐蔭を追うのが本校であり、さらに近大付や大商大堺、大阪偕星、上宮太子、関大北陽、大体大浪商、東海大仰星、興國、関大一といった私学、さらには大冠、桜宮、汎愛といった公立校も虎視眈々と上位進出を狙っている。

中でも近年、野球部の活動に力を入れているのが私学の興國と近大付である。とくに興國はかつての「私学七強」と呼ばれていた時代の強さを取り戻そうと、学校を挙げて野球部の甲子園出場を果たすべく、活動に力を入れている。近い将来、興國が数十年ぶりの甲子園出場を果たしたとしても私はまったく驚かない。

本校を大阪桐蔭とともに「大阪二強」と呼んでいただくのは光栄だが、個人的には現在の大阪府は大阪桐蔭の「大阪一強」を、本校を含む私学の雄たちが追う構図だと考えている。

大阪桐蔭に追いつけ追い越せで、府内の野球レベルがさらに上がっていけばそれでいいと思う。

私立だが本校野球部は特別扱い一切なし

近年、大阪桐蔭ほどではないにしろ、本校も甲子園にたびたび出場していることから、府内の有力中学生選手が多く入学してくれるようになった。

履正社には他の強豪私学のような全寮制もなければ、特待生制度もない。だが大阪府が私立高校向けの授業料支援制度（保護者の年収によって、無償を含む授業料の支援補助制度）を行ってくれているおかげで、うちのような私学にも多くの選手が来てくれるようになった。

そんなこともあって、野球部に在籍している選手のほとんどは自宅からの通学である。大阪桐蔭は全寮制のため、野球部に入れば寮生活となるが、有力選手の中には

「寮には入らず、自宅から高校に通いたい」という中学生も結構おり、履正社はそういった選手たちの受け皿にもなれていると思う。

県外から入部してくる選手もおり、そのほとんどは兵庫や京都、奈良などの近県出身の選手である（２０１９年度の新入生には香川と福岡からやって来た選手もいる）。通学することが難しい選手は学校近くで下宿しており、２０１９年現在の野球部には3年生が2名、2年生が7名、1年生が7名、計16名の選手が下宿生活を送っている。

昔からそうなのだが、本校には「野球部だから」「全国大会に出場しているから」といった特別扱いは一切ない。これは私が監督に就任したばかりの、チームが弱小だった時代から一貫している。だから放課後の練習時間にしても他の部活とまったく変わらず、グラウンドへの送迎バス（サッカー部などと共用）の時間も決まっているため、練習は17時～20時までの約3時間に限られている（第4章で詳述）。

限られた時間を有効に使い、選手の実力をどれだけ伸ばすことができるか。私の指導のテーマはまさにそこにあり、本書でその内容を明らかにしていくつもりであるが、強いチームをつくるには優秀な人材を集めることも欠かせない。

履正社には特待生制度はないが、スポーツ推薦という受験の制度は設けられている。

だから私は、大阪府と近県を中心に有力選手の試合などの視察に行き、このスポーツ推薦を利用して人材を集めている。

とはいえ、私は毎日グラウンドに出て選手と実際に触れ合いながら指導することをモットーにしているため、それほど多くの時間を視察に割くわけにもいかず、基本的に視察などは外部から招聘している広瀬哲志コーチに任せている。

ちなみに、私自身が視察を行う際の移動手段はバイクである。家から学校、そして学校からグラウンドへの通勤・移動手段もバイクを使っている。バイクは車よりも小回りが利くため、自家用車やバスに比べれば大幅に移動時間を短縮できる。視察で先方を訪ねると「監督、バイクでいらっしゃったんですか⁉」と驚かれる方も多いが、それもこれもすべては「限られた時間を有効に使うため」なのだ。

PL学園はなぜ強かったのか？

私が履正社高校野球部の監督に就任した1987年当時、大阪を牛耳っていたのはPL学園だった。

日本中に旋風を巻き起こしたKKコンビ（桑田真澄、清原和博）のふたりはその2年前（1985年）に卒業していたものの、当時のPL学園には野村弘樹投手（元横浜ベイスターズ）、橋本清投手（元読売ジャイアンツ他）の左右のエース、打者では立浪和義選手（元中日ドラゴンズ）や片岡篤史選手（元日本ハムファイターズ他）、さらにその1学年下に宮本慎也選手（元東京ヤクルトスワローズ）といった多くのタレントが揃っていた。絶頂期にあったこの時のPL学園は、史上4校目となる春夏連覇を達成。「勝てる要素がまったく見つからない」と思ってしまうくらい、当時のPL学園は本当に強かった。

一方、現在黄金期を迎えている大阪桐蔭野球部は1988年に創部され、甲子園初出場を決めたのは4年目となる1991年春のことである。この年、大阪桐蔭は甲子園に春夏連続出場して春はベスト8。夏は勢いに乗って初出場・初優勝を飾った。ここからPL学園と大阪桐蔭の「二強」の時代になるかと思われたが、激戦区である大阪は新参がすぐに常勝チームになれるほど甘くはない。大阪桐蔭は以降、甲子園にはなかなか手が届かず、三度目の甲子園出場は初の全国制覇から11年を経た２００２年夏のことだった。

後で詳しく述べるが、実は履正社も初の甲子園から二度目の出場を果たすまでに9年の歳月を要した。一度優勝したからといって、次にすぐまた甲子園に行けるわけではない。戦国・大阪を勝ち上がっていくのは、それほどまでに難しいのである。

私が監督に就任した頃の大阪は、ここまでご説明してきたように最強のＰＬ学園を他の私学が追う展開だった。当時のＰＬ学園には隙がなかった。大阪桐蔭をはじめとする他の私学には、優秀な選手がいたとしても付け入る隙はどこかにあった。だが、ＰＬ学園にはそれがない。大会になればＰＬ学園の試合の偵察にも行ったが、「ここを突けばどうにかなる」というような突破口を見つけることはできなかった。

当時、風の噂でよく聞いていたのは「ＰＬは全体練習が少ない」ということだった。全体練習よりも自分で考え、自分で練習するいわゆる「自主練」のほうに重点が置かれているというのだ。

私もそうだったが、あの時代の野球部は「監督がすべてを統率する」のが当たり前だった。監督が練習メニューを考え、選手たちはその都度監督の指示に従う。練習であれ、試合であれ、選手は監督に言われた通りに動くひとつの駒であり、自分の意志で動くことは許されなかった。失敗すれば監督から怒鳴られ、逆らえば鉄拳制裁が振るわれる。ほとんどの学校の選手たちが、監督の顔色を伺いながら毎日の練習に取り組んでいた。

だが、そんな時代にあって、ＰＬ学園は選手の「自主性」を重視するやり方をすでに取り入れていた。当時のＰＬ学園は、プロ野球で活躍する選手を次々と生み出していたが、その根底には「選手自身が考えて動く」という独自の取り組みがあったのである。

「やらなければ落とされるだけ」という危機感を持ち、自分には何が足りないのかを考え、その足りない部分を埋めるための練習方法も自分で考える。「監督に言われたことをやるだけ」が当たり前の時代に、プロ野球選手さながらの練習方法を確立していたＰＬ学園が強かったのは自明の理といえよう。

悲願の甲子園初出場

次章で詳しく述べるが、野球部監督に就任した1987年当時は、部員数も少なく、大会などに出場しても2~3回勝つのがやっとの状態だった。

就任2年目から野球部にもスポーツ推薦が取り入れられ、部員を募集できるようになった。しかし、何の実績もない野球部に優秀な選手が入ってきてくれるわけもなく、近隣の中学校野球部やシニア、ボーイズといったクラブチームを巡っても、期待したような成果が得られることはめったになかった。名刺を差し出しても「この学校名、何て読むんですか?」と聞かれることもたびたびあった。

選手集めに奔走しても無駄足に終わることのほうが多かったが、私は「甲子園に出るんだ」という情熱だけは失わなかった。そして、その後も根気よく部員集めを続けたところ、そこそこのレベルの選手が徐々に入部してくれるようになった。

今でこそ立派な野球部専用のグラウンドがあるのだが、当時は学校の校庭を他の部と共用で使用していた。しかもその校庭は、三遊間のすぐ後ろがフェンスというくらい狭く、外野ノックもままならない。その上、グラウンドを丸々使える日は限られるため、グラウンドを使えない時は近くの公園でトレーニングをしていた。また、校庭には照明設備がなかったので、工事現場で使う投光器を並べて練習したりもした。

環境的には決して恵まれない状況だったが、就任4年目（1990年）の秋の大会で私たちは優勝候補の上宮に勝ち、4回戦で入来祐作投手（元読売ジャイアンツ）を擁するPL学園に負けはしたものの2-4と善戦することができた。ここから「履正社」の名は徐々に府内では知られるようになり、力のある選手たちが集まってきてくれるようになった。

その後、1993年と1996年の夏の予選でベスト16入りを果たすなど野球部の実力は上がっていき、1997年夏、ついに私たちは大阪の頂点に立ち、悲願だった甲子園への切符を手に入れた。

この時の本校のエース・小川仁は体重が60キロほどの細身だったが、得意のスライダーを駆使して予選7試合をひとりで投げ抜き、チームを甲子園へと導いてくれた。

この予選では、準々決勝でＰＬ学園と大阪桐蔭が激突。その勝者が準決勝で本校と戦うことになっていたのだが、私は隙のないＰＬ学園より、大阪桐蔭との対戦を望んでいた。果たせるかな結果は大阪桐蔭が勝ち、準決勝で本校は大阪桐蔭に２－１で勝利。さらに決勝でも関大一を２－１で制し、初の甲子園出場を決めた。

この甲子園出場によって、履正社の名は全国にも知られるようになり、それまで以上に有力選手が入部してきてくれるようになった。

初の甲子園出場から3年後の２０００年夏、私たちは予選決勝でＰＬ学園と対戦した。この時のＰＬ学園には、３年に中尾敏浩（元東京ヤクルトスワローズ）、加藤領健（元福岡ソフトバンクホークス）、２年に今江敏晃（現・年晶　東北楽天ゴールデンイーグルス）、朝井秀樹（元大阪近鉄バファローズ他）、桜井広大（元阪神タイガース）など錚々たるメンバーが揃っており、接戦に持ち込んだものの２－４で惜敗した。

この代のうちの野球部員にプロに行った選手はひとりもいない。社会人野球に進んだのが西川翔大（国士舘大→ホンダ熊本）という選手ただひとり。しかし、この時のチームは私の30年以上に及ぶ監督生活の中で最強といえるチームだった。プロに行くような突出した力の持ち主はいなかったが、投打のバランスに優れ、考えて動ける選手が多く、チームワークも抜群だった。あのメンバーを甲子園に連れていってあげることができなかったのは、ひとえに監督である私の責任である。だが、こういった悔しい思いを何度もしてきたからこそ、今の履正社があるのもまた事実なのだ。

指導方針の転換と「教えすぎない教え」

1997年夏に甲子園初出場を果たしたが、その後二度目の甲子園出場を決めたのは、初出場から9年の時を経た2006年春のことだった。

実はこの9年の間に、私と履正社野球部を変える大きな出来事があった。

甲子園初出場を遂げた当時の私は、若かったこともあって指導は情熱にあふれ、選手たちを激しい練習によって追い込むことでチーム力を高めていた。練習時に選手たちに手を上げることも、決して珍しくはなかった。

甲子園初出場を果たした私は、二度目の甲子園出場に向けて、それまで以上に選手たちに厳しい練習を課した。しかし、大阪の予選を思ったように勝ち上がれず、なかなか甲子園に手が届かない。私の中に焦りと不安が募っていった。そして、私は部員に手を上げた「行きすぎた指導」によって２００２年、半年間の謹慎処分を受けることとなった。

野球部に携わることを禁じられたこの半年間、私は自分自身にとって野球とは何なのか、さらに教育の一環である高校野球の指導者としてどうあるべきかを考え続けた。当然のことながら、それまでと同じ指導を続けるわけにはいかない。すると、大学（日本体育大学野球部）時代に気づいた「やらされる野球ではなく、自分で考える野球をしなければいけない」という思いが心に蘇ってきた。

東洋大姫路で過ごした高校時代、私はそれこそ「軍隊か」と思うような厳しい環境の中で、毎日辛く苦しい練習の日々を過ごした。ただ、そんな辛い思いも3年の時に甲子園に出場できたことで報われたのだが、大学に進学して、そこでそれまでとはまったく違う「野球」に出会った。私が進学した日体大野球部には、監督がすべてを押し付けるのではなく、選手自身が考えて練習に取り組む環境があった。

大学時代に「選手が考えて動く野球」に出会ってその良さを感じていたのに、私はなぜかそれを忘れ、高校時代のような辛い思いを履正社の選手たちに強いてしまっていた。そこに気づいた私は謹慎期間中、どうすれば選手たちが自主性を持って練習に取り組めるか、グラウンドの内外問わず、選手たちが自分で考えて自発的に動けるようになるにはどうしたらいいのかを考えるようになった。

選手たちが自ら考えて動けるようになるために、私はまず選手たちと積極的にコミュニケーションを取る必要があると考えた。選手たちと密に触れ合い、私の考えを理解してもらうことが先決だと思ったのである。

それまでの私は、ただ選手たちに考えを押し付けるだけの「一方通行」の指導を行っていた。一方通行の指導では意思の疎通も図れず、選手との信頼関係も生まれない。だから私はそれを改め、選手たちと心のキャッチボールをするようにした。

2002年は私にとっても、また野球部にとっても大きな転換点となった年である。この年以降、私と野球部がどのように変わっていったのかを本書で詳しくご説明していきたい。

最近10年で甲子園出場が激増

二度目の甲子園出場まで9年もの歳月を要したが、その2006年以降現在（2019年春）までの13年間では、春夏通算10回の出場を果たしている。

2006年以降、甲子園出場回数が増えているのは私の指導方針の転換があったこともさることながら、学校側の支援（専用グラウンドが2001年に完成など）、保護者の方々の厚い協力体制、スタッフの拡充（専属コーチや渉外担当コーチなど）といったさまざまな支援や協力があったからだ。

中でも、チーム力アップに大きくつながったのは、専用のグラウンドができたことだと思う。

履正社の校舎は大阪府豊中市にあり、かつての野球部の練習グラウンドはその校庭だった。校庭は狭い上に、他の部活と共用。丸々一面を使える日は限られるため、私も知恵を絞っていろんなやり方、練習メニューなどを考えたものだ。

野球をやるには必ずしも満足のいく環境ではなかったのだが、２００1年に茨木市内に専用のグラウンドが完成した。狭い校庭を共用で使っていた当時を思えば、専用のグラウンドで思いっきり野球のできる現在の環境はまさに天国といえる。

ちなみに野球グラウンドの横にはサッカー専用のグラウンドもあり（こちらは観客席付き）、私たち野球部とサッカー部が府内の強豪と呼ばれる存在に成長できたのには、こういった環境面も大きく影響しているように思う。

野球をプレーするという部分での環境面は、２００1年から劇的に向上したのだが、大阪桐蔭をはじめとする全国の強豪私学のような寮はない。本校の選手たちの練習時間は、平日は17～20時の約3時間だけである。しかも学校からグラウンドまで、選手たちはスクールバスで移動しており、これが片道40分もかかる。

そういったもろもろの環境を考えると、うちの選手たちは練習時間などが限られる中、全国の強豪私学と対等に渡り合っているのだから、みんな大したものだと思う。

甲子園は打てなければ勝ち上がれない

後で詳しく述べるが、本校野球部の考え方としてベースにあるのは「守備」である。だから練習にしろ、試合運びにしろ、打撃よりも守備のほうに力点が置かれている。私の野球観のベースももちろん「守備」なのだが、これは私が高校時代、東洋大姫路で当時の梅谷馨監督から教わった野球が大きく影響している。

高校3年の時、東洋大姫路は春のセンバツに出場し、ベスト4進出を果たした（準々決勝、8-7で勝利した雨天での対池田戦は、高校野球ファンの方々の間では語り草となっているようだ）。

甲子園でベスト4進出と聞けば、誰もが「強いチーム」と思うだろう。だが、この時のチームは世間がイメージする強豪チームとはほど遠く、ベスト4まで進めたのはしっかりしたディフェンスと運があったからである。

「ディフェンスがしっかりしていれば、勝利をたぐり寄せることができる」

高校時代に学んだこのスタイルが私の野球観のベースにあるから、履正社の野球も基本的には守備重視の野球なのだ。

しかし、私が甲子園に出場した40年前と現在とでは、野球のスタイル、選手たちの育つ環境とその心技体も含め、すべてが大きく異なっている。

私たちが甲子園初出場から二度目の出場までに9年もの歳月を要したのは、私が40年前と変わらぬ野球をしていたからだ。そして二度目の甲子園出場後、何度も甲子園で戦ってきた中で「甲子園での勝ち方」あるいは「勝ち上がるためには何が必要か」を考え、私は自分なりの野球観、勝つための戦術を蓄積してきた。

甲子園での経験を重ねていく中で、私は勝ち上がるためには守備も大切だが、それと同等に「打てないと勝てない」ということを痛感した。守備、走塁、バントなどの基本に忠実な細かい野球はもちろん重要である。だが、甲子園ではそれにプラスして「打力」がなければ勝ち上がれない。

かつての履正社には、外野の頭を越えるような打球をバンバン打つ長距離砲はいなかった。パワーヒッタータイプの選手を積極的に視察することもなかったし、私も長距離砲を育てようとはまったく思っていなかった。機動力とバントなどを駆使して細かく点を取っていき、ピッチャーが最少失点に抑えて勝つ。これが東洋大姫路時代の流れを汲んだ昔の履正社の野球だった。

だが、1997年夏に初めて甲子園に出場して初戦で負け（専大北上に1－2で敗戦）、二度目の甲子園となる2006年春のセンバツ初戦で、今度は横浜に私たちは0－1の完封負けを喫する（横浜はこの大会で優勝）。ここで私はつくづく「甲子園では打てないと勝てない」ことを痛感したのだ。

2001年に野球部専用のグラウンドが完成し、力のある選手が本校に来てくれるようになり、私は積極的に長距離砲タイプの選手の視察にも出掛けるようになった。その中のひとりがT－岡田であり、山田哲人であり、安田尚憲だった。このようにして、私は履正社を「守備を重視しながらも、打ち勝つ野球のできるチーム」へと変えていったのである。

山田哲人がいた夏

履正社からプロ野球の世界へ進んだＯＢ選手は何人かいるが（第3章で詳述）、その中でも私の記憶に深く刻み込まれている選手がいる。それは他でもない、２０１０年夏に甲子園出場を果たしてくれた山田哲人である。

東京ヤクルトスワローズの主軸として、トリプルスリーを史上初の三度達成した山田は、今やプロ野球界を代表するスラッガーとして誰もが知る存在となった。

そんな山田とともに戦った試合で、忘れられない一戦がある。それは、長い間ずっと本校の前に大きな壁として立ちはだかっていた、ＰＬ学園と戦った２０１０年の大阪予選4回戦だ。このＰＬ学園戦は、30年以上に及ぶ私の指導者人生の中でも一番の激闘だった。

その年、本校もＰＬ学園も優勝候補の一角といわれており、注目校同士の対決とあって、会場となった舞洲ベースボールスタジアムは超満員。まるで決勝戦のような盛り上がりの中で試合は行われた。

その前年の夏、私たちは準決勝でＰＬ学園と当たり、延長12回を戦い４－６で惜敗していた。ＰＬ学園との試合は大接戦の末、私たちが負けるというパターンが実に多かった。そして案の定というべきか、この試合も延長にもつれる激戦となった。

実はこの試合の前夜、山田の親から「息子の調子が悪くて病院に来たところ、熱中症だと診断された」と連絡があった。翌日の調子は、朝になってみないとわからないという。私としては、そのような状態の選手を無理に出場させるわけにもいかない。山田は当然ながらチームの主軸である。彼の欠場はチームとしてとても痛かったが、私は親御さんに「わかりました。ご家庭のご判断にお任せいたします」と返答するしかなかった。

そして迎えたＰＬ学園戦当日。山田は決して万全の体調ではなかったものの、無理を押してチームに合流してくれた。私はそれまでの試合と同様、彼を「３番・ショート」で起用した。

試合は取って取られてのシーソーゲームとなり、私たちが５－７の２点のビハインドで9回表の攻撃を迎えた。

接戦で何度も負けている相手である。私の中に「また負けるのか……」というネガティブな思いがなかったわけではない。だが、そんな私の不安を一蹴する奇跡の同点タイムリーが飛び出す。打ったのは、山田である。ここから息を吹き返した履正社は延長に入った10回表、1点を勝ち越す。そして、裏のPL学園の攻撃を何とか抑えきり、私たちは初となる「夏のPL越え」を果たした。

その後、勢いに乗った履正社は戦国・大阪を制し、甲子園に出場。甲子園では2回戦の天理戦に4－1で勝利し3回戦に駒を進めるも、聖光学院に2－5で敗れ、上位進出はならなかった。

あの夏、舞洲ベースボールスタジアムでの山田の同点打、そしてその時のベンチの選手たちの表情と球場の盛り上がりを、私は一生忘れることはないだろう。

センバツでは二度決勝に進出
——2017年・甲子園決勝初の「大阪対決」が実現

山田が活躍した2010年に続き、2011年のセンバツにも私たちは出場し、ベスト4入りを果たした（優勝した東海大相模に準決勝で2-16で敗戦）。甲子園で準決勝まで行ったのはこの時が初めてで、この活躍によって履正社の名が全国に広まり、以前にも増して実力のある選手が来てくれるようになった。

そしてその後、私たちは2014年まで4年連続で春のセンバツに出場。2014年には過去最高となる決勝進出を果たし、龍谷大平安に2-6で敗れるも栄えある準優勝旗を手にすることができた。

このセンバツでは逆転で勝った試合が多く、その結果から見てもわかるようにチームは日増しに勝負強さを増していった。

2回戦の駒大苫小牧戦は7-6で逆転勝利。準決勝の豊川戦は延長10回まで試合がもつれたが12－7で勝利を収めた。この準決勝では9回まで負けており、土壇場でキャプテンが同点ホームランを放つのだが、そのキャプテンは練習を含め高校3年間で一度もホームランを打ったことがなかった。それが甲子園の大舞台で、よもやの同点弾である。甲子園には魔物が棲むとよく言われるが、甲子園には選手たちの潜在能力を引き出す不思議な力があるのは間違いないと思う。

その後、私たちは2017年のセンバツでも決勝に進出。この決勝戦は、大阪桐蔭対履正社という「大阪対決」となったことから、覚えていらっしゃる方もきっと多いに違いない。

この時の大阪桐蔭にはエース・徳山壮磨（早稲田大）をはじめ、1番に2年生の藤原恭大（千葉ロッテマリーンズ）や投手兼野手として根尾昂（中日ドラゴンズ）など超高校級の選手が揃っていた。一方、本校の3番・安田尚憲を中心とした打線は、リリーフの根尾を捕まえ終盤8回に4安打を集中して3得点。同点に追いついたものの9回表に大阪桐蔭に5得点と突き放され、3－8で逆転負けを喫することとなった。

実はこの時、うちのエースである竹田祐（明治大）の体調は万全ではなかった。だから8回の集中打で同点に追いついた時、本当はさらに得点を重ねて逆転しておかなければならなかったのだが同点止まり。もう私たちに大阪桐蔭と渡り合う余力は残っていなかった。

地方大会だけでなく、甲子園の決勝という大舞台でも、まさか大阪桐蔭と当たることになるとはまったく予想すらしていなかった。しかし、それほどまでに履正社と大阪桐蔭は縁が深いということなのだろう。

かくして、その翌年の夏、甲子園100回記念大会ということで大阪は「北」と「南」に分かれるのだが、その北地区準決勝でも私たちは大阪桐蔭と相まみえることになる。

9回2アウトランナーなし、大阪桐蔭を崖っぷちまで追い込んだが……

2018年は夏の甲子園100回記念大会ということで、神奈川や愛知などと同様に大阪も2代表制となり、北と南に分かれて予選が行われた（大阪桐蔭と履正社は同じ北地区に振り分けられた）。

そして、その準決勝で私たちは大阪桐蔭と戦うことになるのだが、客観的に戦力を見比べれば、前年から全国の舞台で活躍している中川卓也（早稲田大）、藤原、根尾がクリーンアップを組み、投手陣にエース・柿木蓮（北海道日本ハムファイターズ）、控えに横川凱（読売ジャイアンツ）など錚々たるメンバーを擁する大阪桐蔭のほうに分があることは明らかだった。

「正攻法で戦っても勝てない」

そう考えた私は、ある意味奇襲ともいえる作戦に打って出ることにした。中学時代はピッチャーだったが、履正社に入学してからは公式戦で一度も登板したことのない、濱内太陽主将を先発ピッチャーに起用したのである。

この策が功を奏し、濱内は6回まで相手打線を無失点に抑える好投を見せてくれた。しかしタレント揃いの大阪桐蔭打線がそのまま黙っているわけもなく、7回にクリーンアップの連打で先取点を奪われてしまう。その後、最少失点に食い止めようとこちらも2投手を継ぎ込んだが、大阪桐蔭に2点を追加され0－3となった。

だが、ここから履正社の選手も粘り強さを見せ、先発の根尾から7回裏に1得点、さらに8回にも3点を奪い4－3と逆転に成功。土壇場で不利な状況をひっくり返す、勝負強さを発揮してくれた。

そして迎えた9回表、大阪桐蔭の攻撃。履正社のピッチャーは、前の回の途中から再びマウンドに戻った濱内だった。ここを0点に抑えれば勝ちという展開で無死一塁となったが、相手バッターがバントを失敗して併殺で、あっという間に2アウトランナーなしに。私たちは、あとアウトひとつを取れば試合終了というところまで大阪桐蔭を追い詰めた。

しかし、公式戦初登板の濱内は、炎天下でのピッチングで疲労がピークに達していた。相手の2番、さらに3番の中川、4番の藤原と3連続で四球を与えてしまい、2死満塁とすると続く5番・根尾にも四球を与え同点に……。

こうなると、完全に地力に勝る大阪桐蔭のペースである。うちにはもうマウンドに上げられる投手は残っていなかった。そして後続の6番バッターに2点タイムリーを打たれて万事休す。9回裏の攻撃で、私たちが反撃する余力はもうどこにもなかった。

結局、試合は4－6のまま幕を閉じた。

この時の本校の2年生たちが悔しさをバネに成長し、その年の秋の大会で大阪桐蔭を倒して近畿大会へと駒を進め、2019年のセンバツ出場を叶えてくれた。今後も、履正社と大阪桐蔭の戦いは続いていくだろう。これは運命というより、もはや宿命だと思っている。これからも大阪桐蔭に追いつけ、追い越せの精神で私たちはがんばっていくだけである。

まさにプロレベルだった星稜・奥川恭伸投手

2年ぶり八度目のセンバツ出場となった2019年春、私たちが1回戦で当たったのは優勝候補筆頭の星稜だった。

星稜は前年の神宮大会で準優勝しており、エースの奥川恭伸は大会ナンバー1ピッチャーとして、プロ野球関係者からも高く評価されている投手だった。

試合前の報道インタビューで、私が奥川投手に関して「日本一の投手。ここじゃなくて、プロの開幕戦で投げていいくらいの力がある。ここ（甲子園）でタイガースでも投げられるくらい完成度が高い。高校におったらあかんくらいでしょう」と述べたところ、スポーツ紙には「履正社監督が初戦の星稜をほめ殺し」などと書かれたが、この時に話した内容は私の本心であり、客観的かつ冷静に奥川投手を観察した結果の評価である。

奥川投手は球威、制球力、変化球のキレ、いずれも申し分なく、紛れもなくプロレベルにある。私も本校OBの寺島成輝をはじめ、大阪桐蔭OBの藤浪晋太郎（阪神タイガース）など実際にたくさんのプロ入り投手を見たり、対戦したりしてきたが、奥川投手のピッチングはどの選手と比べても遜色ないどころか、彼らをもしのぐ高い能力を持っていると思う。

星稜戦前、私たちはピッチングマシンを普段より近距離に設置するなどして対策したが、奥川投手のピッチングにはまったく歯が立たなかった。

実際に対戦してみて感じたのは、抜群のコントロールと大舞台慣れした精神力だった（彼は中学生の時にも全国大会で優勝している）。「ここぞ」という場面で、きっちりとコーナーを突いてくるコントロールと、ピッチングの組み立てが絶妙だっただけではなく、大一番を数多く経験しているからか、その精神力も実にタフで大人のピッチングをしていた。

スコアは０－３。うちは３安打しか打てずに17三振。ほぼ何もできないままの完封負け。奥川投手のレベルの高いピッチングに翻弄され、何の突破口も見つけられぬまま試合は終わった。

試合には負けてしまったが、甲子園という大舞台で超高校級の「全国ナンバー１投手」と対戦できたことが、私たちにとって何よりの収穫である。プロレベルのピッチャーが投じるボールはどんなものなのか？　うちのバッターたちは、それを実際に肌で感じることができた。きっとこの経験を、来る夏に彼らが生かしてくれるはずである。是が非でもこの夏の甲子園への切符を手に入れ、星稜にリベンジを果たしたいと思っている。

第2章

私はなぜ指導法を変えたのか

教えすぎない教えの真実

常に野球が身近にあった少年時代
――母が元女子プロ野球選手

幼い頃の写真を見ると、私は3歳ぐらいからもうすでにバットを振っていたようだ。小学校高学年の時に知ったのだが、私の母は1955年頃に発足した女子プロ野球の選手だった。その影響もあって、私は幼少時から野球に親しんでいたのだろう。

うちは母子家庭だったこともあり、子供の頃はよく母とキャッチボールをした。そのたびに「うちの母親はキャッチボールがうまいな」と感じていたが、まさか元女子プロ野球の選手だったとは思いもしなかった。

母の父である私の祖父もとても野球が好きで、近所の子供たちを集めては野球を教えたりしていたから、その流れで私も自然に野球のルールなどを覚えるようになった。親戚のおじさんにも大阪球場や甲子園球場に連れていってもらい、プロ野球をよく観戦したものだ。夏休みになれば毎日のように甲子園に通い、高校野球を見たりもしていた。このように、私は子供の頃から常に身近に野球があった。

私が本格的に野球をするようになったのは、小学校4年生の時である。地元の軟式少年野球チームに入ったのだが、私の代は運よくいい選手が集まっており、6年生の時には全国大会に出場することができた（ポジションはショート）。

その後中学に進学し、平日は学校の野球部（軟式）、週末はクラブチーム（硬式）の活動を並行して行っていた。だが、クラブチームのほうは長く続かずすぐに辞め、その代わりに私は1年生の途中からバレー部でも活動するようになった。

私の担任だった四位龍夫先生は、バレー部の顧問も務めていた。四位先生はやんちゃだった私をとても気にかけてくれていて、野球部の活動が週3日しかなかったため、遊んでいる暇がなくなるようにとバレー部に誘ってくれたのである。

1年生の秋、野球部の3年生が引退すると、私は2年生の先輩を差し置いてキャプテンに指名された。しかし2年生になると、私はバレーのほうが面白くなってきたため野球部を辞め、バレー部の活動に専念するようになった。

四位先生の指導はいわゆるスパルタ式だった。エースアタッカーだった私は、部員の中で誰よりも先生から怒られた。あの頃のことを思い出すと、先生に怒られていたことばかりが脳裏に蘇る。

四位先生も、高校時代の野球部監督だった梅谷馨監督も「徹底して練習させる」ところが共通していた。中学時代の夏休みには、オーバーハンドパスとアンダーハンドパスをそれぞれ1時間、ずっとやらされたこともある。試合に負ければ、いつもより2倍も3倍もきつい練習がペナルティとして課された。

四位先生はとにかく怖い先生だったが、怒られてもその裏に愛情が感じられた。父のいなかった私にとって、先生は父のような存在でもあった。大人になっても先生との親しい関係は続き、私の結婚式の仲人をしていただいたのも四位先生である。

身長が足りずバレーを断念
――高校野球の強豪・東洋大姫路に進学

バレー部のキャプテン、そしてエースアタッカーとして活動を続け、3年生の時には大阪府大会で3位になることもできた。

当時、私はバレーの強豪校だった大商大付属（現・大商大高校）に進学しようと思っていた。ところが四位先生から「おまえの身長では大商大に行ってもレギュラーになれないから、バレーはあきらめろ。その代わり野球をやってみたらどうだ？」と言われた。

四位先生の助言はとてもショックだったが、当時の私の身長は170センチに届いておらず、「たしかにそれもそうだな」と気を取り直し、高校では野球をやろうと心に決めた。

小学生の頃は甲子園に通い続けていた私である。できれば「私学七強」と呼ばれていた大阪の強豪校に進学したかった。しかし、「私学七強」はスポーツ推薦でなければどこも取ってくれず、私のようにバレーをしていた生徒が入れるような状況ではなかった。

どこに進学しようか悩んでいた時、親戚のおばさんが「東洋大姫路の監督さんと、社会人野球を一緒にやっていた人を知っている。その人にちょっと聞いてみよう」と助け船を出してくれた。

当時の東洋大姫路は甲子園常連校だったから、私も「東洋大姫路なら行ってみたい」と素直に思った。すると、おばさんの知人が梅谷監督に口利きをしてくれて、私は野球部の見学に行けることになった。

そこで梅谷監督と話をして、「一般入試になるがそれでもいいか？　受かったら野球部に来い」と激励を受けた。

そこから私は東洋大姫路の過去問題集などを買い、必死で受験勉強に励んだ。そしてがんばった甲斐あって一般入試で合格。晴れて東洋大姫路野球部に入部することが決まった。

しかし、その時の私は甲子園常連校の練習がどれほどきついものなのか、まったく知らなかった。本当に安易な気持ちで「俺も甲子園に行けるかな」くらいにしか考えていなかった。

何の知識も、覚悟もなく入部した東洋大姫路野球部。実際に入ってみて私が真っ先に感じたのは「これは、とんでもないところに来てしまった」ということだった。

東洋大姫路で夢の甲子園へ

——大雨の池田戦を勝ちベスト4

私が入部した時、1年生は60~70人はいたと思う。しかし、東洋大姫路の練習の厳しさは兵庫県内でも有名で、私たちが3年生になった時には部員は20人ほどしか残っていなかった（それでも年代別に見れば多く残ったほうである）。

1年生の頃は「こんなに厳しいと知っていたら入部しなかったのに……」と何度後悔したことか。大阪在住、しかも野球から2年も遠ざかっていた私には、そんな兵庫高校野球の実情を知る由もなかった。

きつい練習はたくさんあったが、中学時代のバレー部である程度の耐性ができていた私は、夏を過ぎた頃には高校の練習にもある程度対応できるようになり、秋の大会にはベンチ入りを果たした。

1年生の時の出来事で一番よく覚えているのは、3年生の先輩たちが夏の甲子園に出場した時の事前練習（出場校が甲子園で実際に行う練習）である。

私はベンチ入りもしていなかったが、梅谷監督から呼ばれて、先輩たちと一緒にサードでノックを受けることができた。「ここで掛布（雅之）が守ってるのかぁ」と夢見心地でノックを受け、ひとり感動に浸っていた。

2年生の夏が過ぎ、先輩たちが引退すると私は野球部のキャプテンとなった。そしてその秋の大会で私たちは県予選で優勝し、近畿大会へと駒を進めてベスト8に進出。この時の県予選で私はとても調子がよく、1番打者として通算打率5割7分1厘を記録。近畿大会の準々決勝では牛島和彦と香川伸行のいる浪商に敗れたものの、夢だった甲子園出場の切符を手に入れた。

そして迎えた翌春のセンバツ。東洋大姫路はそれほど注目されていなかったが、私たちは下馬評を覆す快進撃を続けてベスト4に進出した。

この時の準々決勝の相手は、蔦文也監督率いる池田だった。東洋大姫路対池田は準々決勝の第4試合。その前の浪商対川之江の試合が延長戦となって私たちの試合開始は遅れ、しかも雨がすでに降り始めていたから、グラウンドコンディションも最悪だった。

試合は東洋大姫路のペースで進み、8回を終了して8－2で私たちが6点のリード。最終回を抑えれば終わりという中、雨がそれまでにも増して強く降り始めた。グラウンドは泥んこ状態の劣悪な環境の中、池田の反撃が始まり私たちは8－7の1点差まで詰め寄られたが、そこで何とか踏ん張り勝利を収めることができた。

続く準決勝の相手は、近畿大会でも対戦した浪商だった。この年は春のセンバツも夏の甲子園も箕島が優勝して春夏連覇を成し遂げるのだが、牛島－香川のバッテリーを擁する浪商も実に強かった（浪商も春夏連続出場を果たし、春は準優勝、夏はベスト4だった）。エース牛島の投じるストレートは、私が高校野球で経験したどのピッチャーよりも速かった。私たちは近畿大会同様、浪商に敗れて準決勝敗退のベスト4。同じ相手に2回連続で負けたことは悔しかったが、それ以上に甲子園という大舞台でベスト4にまで進めたことが自分でも信じられない思いだった。

この春の快進撃があったからか、その後の私たちは燃え尽き症候群のような状態となってしまった。

高校野球最後の夏、県予選準々決勝で東洋大姫路は市立尼崎に0－1の完封負けを喫し、私の高校野球生活は終わりを告げた。

実はこのゲームの終盤、東洋大姫路には満塁のチャンスがあり、その時のバッターである私にスクイズのサインが出た。そこで成功させておけば1－1の同点となったのだが、私のスクイズは失敗し、ダブルプレーで試合に敗れた。

今でも当時のメンバーとは同窓会などで会ったりする。そして、そこで必ず「センバツに出場できたのは岡田のおかげ。でも夏の大会で負けたのも岡田のせい」と冗談で言われる。いずれにせよ、今となってはどちらもいい思い出である。

東洋大姫路・梅谷馨監督の教え

私たちが高校生だった1970年代当時、世の中学・高校の部活動はスパルタ全盛。指導者から怒鳴られる、殴られるは当たり前の時代だった。

練習メニューも今では考えられないくらいハードなものだったし、水分補給もままならない環境である。あの時代に戻りたいかと聞かれたら、私は「NO」と即答する。

指導者と選手たちの関係性も実に封建的で、監督の言うことは絶対であり、監督に逆らうなど考えられないことだった。そんな関係性だから高校当時、監督とグラウンド外で会話をしたという記憶がほとんどない。

梅谷監督は相手チームの気配を察し、盗塁やスクイズを外すのがとても上手だった。「野球はこうやるんだ」ということを私は梅谷監督から教わったし、履正社の監督になってからも基本的には梅谷監督がやっていた野球をそのまま実践した。

私自身が指導者となってからは、梅谷監督からいろいろと教えを請うことが多くなった。高校時代の梅谷監督は私にとって神よりも遠い存在だったが、指導者となってからは師匠と弟子の間柄となり、練習試合もたくさんしていただいた。もちろん、当時の履正社はただの弱小チームだったから、東洋大姫路の三軍レベルのチームに相手をしてもらった（それでもまったく歯が立たなかったが）。そして練習試合に赴くたび、いろんなことを梅谷監督から教えていただいた。

梅谷監督から教わった「何事も徹底して行う」という姿勢は、私が指導者としてずっと貫いているスタイルである。

選手にある技術を習得させようと思ったら、それを徹底して練習させる。試合中にチームの方針、たとえば「今日は相手ピッチャーの投球をしっかり見ていこう」となれば、1番だろうが、4番だろうが、下位打線だろうが、チームで徹底してその方針を実践する。東洋大姫路でも、履正社でも、選手がチームの方針に反して勝手に動くことは許されない。「個」ではなく、「チーム」が最優先。それを私は選手たちに徹底して教えている。

今でも試合中、采配で迷った時などに「梅谷監督ならどうするだろうか?」と考えることがたまにある。それほどまでに、私の中には「梅谷野球」が深く根付いているのである。

「やらされる野球」ではダメなことを知った日体大時代

野球部を引退し、進学をどうするか本気で考え始めた時、梅谷監督から「東洋大か亜細亜大の野球部に行ったらどうだ?」と助言を受けた。

だが、当時の私は「本気で野球をやるのは高校で終わり」と考えていた。大学に行ってまでしんどい思いをするのは、絶対に嫌だった。ましてや、東洋大や亜細亜大は練習がきついことで有名だった。だから梅谷監督には「僕は体育の教師になりたいので体育大に進みます」と告げ、私は進学先を自分で探し始めた。

実は、私は小さい頃から体育の教師になるのが夢だった。そんなわけで当初は、中京大の体育学部に進もうと思っていた。ところが、第一志望だった中京大の書類審査で落ちてしまい、私の中の選択肢が第二、第三志望だった大阪体育大か日本体育大のふたつに絞られた。

日本体大には野球部の先輩がひとり進学していた。そこで私は日体大を最終的に選び、一般入試を経て進学することになった。

体育の教師になるためにしょうがなく入った日体大野球部だが、高校時代と同様、大学でも1年の秋からベンチ入りメンバーに選んでいただいた。

日体大の野球部は東洋大姫路時代とはまったく違い、全体練習の時間が少なく、監督から強制的にきつい練習を課されるようなこともなかった。いやいや野球を続けていた私には、そんな環境がとても合っていたのだが、入部して間もなくまわりを見ていてあることに気づいた。

全体練習の時間が少ないということは、空き時間が多いということである。その空き時間に、他の選手たちは自分で考えて練習をしていた。いわゆる「自主練」をそれぞれが行っている様子を見て、私はある種のカルチャーショックを受けた。

それまでの私は、指導者から言われた練習しかしてこなかった。自主的に練習に取り組むということは、高校時代ほぼなかったと言っていい。だから他の選手たちが自主練をしている姿を見ても、最初は何をしていいのか自分でよくわからなかった。

1年秋にベンチ入りして以降、私はチームメイトたちがどのような自主練に取り組んでいるのかをつぶさに観察した。そして2年生になる頃には、私も自分で考えて自主練ができるようになった。

自分には何が足りないのか？　それをいつも考えていなければ自主練はできない。足りないものを練習で補い、ある程度できるようになったら、また足りないものを考える。自分の力を伸ばしていくためには、日々このように自らを見つめ、ちょっとずつステップアップしていくことが大切なのだと思う。

日体大を卒業し、社会人野球を経て教師の道へ

大学を卒業したら体育教師の道に進もうと思っていたが、採用試験も通っていないため教員の話も当然ないし、大学4年で野球部のキャプテンとなり「卒業後ももうちょっと野球をやろうかな」という気持ちになっていた。

そんな折、鷺宮製作所から声をかけていただき、卒業後の1年間、私は社会人野球でプレーする機会を得た（ポジションはセカンド）。本当はもう少し長く社会人野球をやっていたかったのだが、家庭の事情などもありやむなく1年で会社を辞め、常勤講師という形で大阪府に採用してもらい、大阪市立桜宮高校で働くこととなった。

その年、桜宮は前年まで指揮を執っていた伊藤義博監督が東北福祉大に指揮官として移籍され、指導スタッフが不足していた。そんな状況だったこともあり、私に白羽の矢が立ったのだろう。桜宮に赴任し、私は体育講師を務めるかたわらで野球部のコ

ーチとしても活動することになった。新たに監督となられた方は高齢だったこともあり、練習時のノックなどは私がすることになった。

私が赴任した時に野球部で2年生だったのが、阪神タイガースの矢野燿大監督である。また、その時の1年生には八戸学院光星の仲井宗基監督もいた（矢野監督との思い出は第3章で詳しく触れたい）。

その後、私は桜宮で2年間コーチを務めたが、矢野監督たちを甲子園に導いてあげることはできなかった（私の後にコーチとして桜宮に赴任してきたのが、現在U－18侍ジャパンの指揮官である元報徳監督・永田裕治氏だった）。

履正社から教員と野球部監督としてのお誘いがあったのは、桜宮でコーチをして2年目のこと。釜谷行藏理事長から直接ご依頼を受け、私は履正社で働かせていただくことに決めたのだが、その際に「野球部を強くしてくれ」とか「ぜひとも甲子園に」というような話は一切なかった。

実は私が着任する以前の半年間、履正社野球部には監督がおらず、ほったらかしの状態だった。そこで私にお誘いの話が来たようなのだが、実際に野球部の状況を目の当たりにして私は愕然とすることになる。

履正社に赴任、やる気のない野球部に「甲子園に行くぞ！」

履正社に赴任する少し前、野球部の状況がどんなものなのか気になった私は、妻と一緒に練習の様子を見に行ったことがある（桜宮2年目に、私は中学校の同級生である妻と結婚していた）。

20名に満たない選手たちが校舎の横にある狭い校庭で練習しているのだが、それが練習なのか遊んでいるのか、わからないようなひどい有り様。高校野球にはそれほど詳しくない妻でさえ「ホンマにこんなところに来て大丈夫なん？」と言ってしまうくらい、まったくやる気の感じられない練習風景だった。

今だったら、私もさすがにそのような野球部の監督は引き受けなかっただろう。しかし、当時の私はまだ26歳と若かった。やる気のない野球部の状況を見て、逆に「俺の力でこの野球部を強くしてやる」と熱い思いがわき上がってきた。

4月に着任した際、野球部の部員数は新1年生を含めて20名ちょっと。野球部はそれまでの6年間ほどで夏の大会で1回も勝ったことがなく、「夏にまずは1勝」がチームの大きな目標だった（赴任したその年、めでたく1回戦は突破）。

半年間、監督が不在という状況が示すように、学校側も野球部にはまったく力を入れていなかった。聞くと、私が赴任する以前の野球部の歴史の中で、3年以上監督を続けた人がひとりもいないという。そんな状況だから、当然OB会なども存在していなかった。

高校の野球部には監督と部長を必ず据えることになっているが、部長を務めていたのは相撲部を主に見ていたベテランの先生だった。だから野球部を見ているのは実質私ひとり。部員数がそれほどいないとはいえ、ひとりで部を見るのは手に余ったので、週末には東洋大姫路時代の同級生に手伝ってもらっていた。

校舎横の校庭は狭く、三遊間のすぐ後ろがフェンスという窮屈さ。しかも軟式野球、ラグビー、サッカー、弓道など他の部活との共用だったため、全面を使って練習できるのは週に2回と限られていた。ベースも地中にはめ込むタイプのものは使えず、少年野球などでよく使われている地面に置くだけのゴム製ベースを使用していた。ピッチャーマウンドもあるにはあったが、体育祭の時には平地に戻し、終わったらまたマウンドをつくり直した。このような恵まれない環境の中で、私たちは練習をするしかなかった。

夏の大会が終わり、3年生が抜けると野球部は8名になってしまった。当然、8名では野球はできないし、大会にも参加できないので卓球、体操、陸上、それぞれの部からひとりずつ、計3名の助っ人に来てもらい何とか活動を継続した。

こんな、ある意味過酷ともいえる状況の中、情熱だけでやっていた私は周囲の白い目も気にせず「甲子園に行くぞ！」と公言していた。だから練習も、東洋大姫路時代の厳しい練習を履正社の選手たちにも課していた。弱小チームながら、練習だけは甲子園の常連校並み。今考えると、あの時のメンバーはよく野球を続けてくれたと思う。チームは弱かったが、あの選手たちがいてくれたおかげで今の履正社がある。それだけは間違いない。

期待していなかった代が
甲子園出場を決めてくれた

履正社に赴任して4年目くらいに野球部は学校の強化クラブに指定され、学校もそれを受け入れるコース（クラス）を設けてくれた（現在の呼び名は普通コース・Ⅲ類）。これによって部員も徐々に集まってくれるようになり、部員数は30名前後で推移するようになった。

だが、部員が増えたからといって、すぐにチームが強くなるほど高校野球は甘くない。夏の大会で勝ち上がっても3回戦、4回戦がいいところ。そういった状況がしばらく続いた。

その後、監督となってから10年が経った1997年、私たちは夏の大会で優勝し、甲子園初出場を果たす。しかし、実は私が手応えを感じていたのはこの代のひとつ前、1996年度のチームだった。

1996年度のチームは投打のバランスもよく、「これなら甲子園に行ける」と確信の持てるチームだった。だが、センバツにつながる秋の大会では、3回戦で近大付に2-5で敗北。最後の夏の大会は5回戦で東海大仰星に5-6で敗れ、甲子園には手が届かなかった。当然のことながら私自身、敗戦のショックは相当なものだった。

ところが、不思議なものであまり期待していなかった（といったら当時のメンバーに失礼だが）次の代が秋の大会でベスト16、続く春の大会ではベスト4と順調に力を伸ばし、夏に悲願の初優勝を遂げてくれた。

この代は登校拒否から復帰した選手や、一度野球部から離れて復帰した選手など、問題を抱える選手が何人かいた。だから、私もこの代にはそれほど期待を抱いてはいなかったのだが、彼らはそんな予想に反して甲子園出場を果たしてくれた。高校野球は、決して指導者の想像通りには終わらない。1997年度のチームは、それを私に教えてくれた。

第1章でも述べたが、この代はエースピッチャーが、本当によくがんばってくれたと思う。エースを中心にチームは一戦ごとに力を増し、準決勝で大阪桐蔭、決勝では関大一に勝ち、甲子園初出場を勝ち取った。準決勝、決勝ともに2-1の僅差で勝ったところに、このチームの勝負強さが表れているように思う。

「行きすぎた指導」により半年間の謹慎処分

初の甲子園出場を果たし、その後も夏の大会では、

1998年　3回戦敗退（記念大会で北は関大一、南はPL学園が優勝）

1999年　5回戦敗退（北陽が優勝）

2000年　決勝敗退（PL学園が優勝）

2001年　準決勝敗退（優勝した上宮太子に敗戦）

と、本校は確実に力を付けていった。府内はもちろん、近畿一円に「履正社」の名は広まり、私自身、次に甲子園に出場できるのは時間の問題だと思っていた。

そんな好調のさなかにあった2002年、匿名の投書が本校と大阪府高校野球連盟に届けられた。内容を簡略に言うと「履正社監督の岡田が指導中、部員に暴力を振る

っている」というものだった。

内容からして、野球部に精通している人物による投書なのは間違いなく、私は部員の保護者が送ったものだと確信した。しかし、私が指導中に手を上げていたことは事実であり、投書した人物を探し出したとしても何の意味もないことはわかっていた。

匿名の投書があって以降、私がやってもいない悪い噂までが校内でまことしやかに語られるようになり、一時は人間不信にもなりかけた。でもそんな時、私を救ってくれたのが他でもない、当時の野球部保護者のみなさんだった。

心ある親御さんが、学校側に「岡田監督は噂で言われているようなことはしていない」「暴力は行きすぎだったかもしれないが、監督の指導は決して間違っていない」と文書などを提出してくれた。

その後、私は大阪高野連から厳重注意を受け、学校からは「半年間の指導禁止」の謹慎処分を受けた。保護者の方々からのサポートがなければ、学校側の処分はもっと重いものになっていたに違いない。とはいえ、「高校野球が人生のすべて」で生きてきた私にとって「半年の謹慎」は実に長く、辛いものだった。

半年後、指導に復帰した時に私はどうしていくべきか。それを考えないといけないのに、人間不信になりかけていた私はなかなか気持ちの切り替えができず、「半年も現場を離れ、選手たちに申し訳ない」と悩んだり悔やんだりするばかり。次のステップには踏み出せず、疑心暗鬼な気持ちで過ごす日々がしばらく続いた。

思い出した、アメリカで見た自己主張野球

私が謹慎したのは、2002年8月から翌2003年の1月までだったが、その後保護者への説明会を開くなどもろもろの手続きを経たため、実際に現場の指導に復帰したのは2月からで、試合の指揮を執るようになったのは4月に入ってからだった。

何とか人間不信から脱却した私は、半年間の謹慎中「これから野球部をどのように指導していかなければならないか」を真剣に考えた。そこでふと思い出したのが、大学時代に体験した「アメリカキャンプ」でのアメリカ人野球部員の姿だった。

日体大の野球部時代、シーズン前にアメリカの西海岸で2週間ほどキャンプを張っ

たことがあった。その際に現地のＵＣＬＡ（カリフォルニア大学ロサンゼルス校）やＵＳＣ（南カリフォルニア大学）と練習試合などを行い交流を持つ機会があった。

向こうの選手と話してみてまず驚いたのは、みんなが「プロ」を目指して野球を続けていることだった。日本の学生のように「卒業後は一般企業へ就職」とか「卒業後は社会人野球へ」というのがない。ほとんどの選手が「メジャーリーグ」を目指していた。だからか、私が将来教師になろうと思っていることを話すと「なんでプロを目指さないんだ？」「だったら何のために大学で野球をしているんだ？」と不思議そうな顔をされたものである。

さらに驚いたのは、選手たちが監督に対して何のものおじもせず、対等に会話をしている姿だった。試合で使ってもらえなければ「なんで俺を使ってくれないんだ？」と監督に対してごく当たり前に聞いている様子を見て、日本のいわゆる「体育会的」な環境で生きてきた私は衝撃を受けた。

かつての日本のスポーツ文化に根付いていた指導法は、指導する側からの一方通行的なやり方である。指導者に対して「なんで僕を使ってくれないんですか？」とか「僕の足りないところはなんですか？」などと聞くのは許されないことだった。

でも、アメリカの選手は、試合で使ってもらえなければ自分のアピールができないし、アピールの場がなければプロにも進めない。だから選手はみんな必死だった。そして監督のほうも、そんな選手の問いかけに対して普通に受け答えをし、選手が放り投げたヘルメットやバットを片づけたりもしている。文化も指導法も考え方もすべてが違う。選手が積極的に自分をアピールし、監督と選手の間できちんと双方向のやりとりがある。それがアメリカのスポーツ文化だった。

謹慎期間中、私はこのアメリカ野球を思い出し、「履正社野球部だけでなく日本のスポーツ界全体が、これからは指導者と選手がしっかりとコミュニケーションを取りながらやっていかなければいけない」と考えるにいたった。

では、どのように私は指導法、あるいは取り組み方を変えていったのか。それを本章でこれから詳しくご説明していきたい。

自主性が選手の責任感を育む

選手が自己主張するには、それだけ自分のことを知らなければならないし、自分を知るにはその都度考え、行動していくことも求められる。

指導者に言われるがまま選手が動く一方通行のやり方は、選手たちから思考力を奪っていく。かつての日本のスポーツ文化は、そういった封建的なやり方が主流だったかもしれないが、これからの時代は「選手が考え、動く」という選手の自主性、自発性を促す指導をしていかなければ、高校野球も勝ち上がっていけない時代になりつつあると思う。

教育の分野も近年大きく変わりつつあり、大学入試もかつてはテストの点数だけよければ合格だったものが、人としての対応力、コミュニケーション能力も非常に重視される方向へと改革が進んでいる。

戦後の高度成長期に、社会から求められる人材は「言われたことを淡々とこなす」タイプだった。集団の中で自己主張する人間は「組織、和を乱す存在」として社会からつまはじきにされた。

しかし、時代は移り変わり、現代の社会はいろんなことに対応できる人材、上からの指示を待つだけでなく、自分で考えて動ける人材を必要とするようになった。

2003年春に現場復帰した私は、まずグラウンドで選手たちと積極的にコミュニケーションを取り、選手との意思疎通を図った。

具体的には練習中、グラウンドやブルペン、その他の練習場所などをこまめに回り、選手一人ひとりと会話をするようにした。時間も手間もかかる手法だが、そういったやり方を続けていくと、私の中で「あ、この選手はこんなことを考えていたのか」「そんなことを悩んでいたのか」と、少しずつ選手への理解が深まっていった。

選手たちと対話を続けることで、私の選手への理解が深まっていくと、選手たちも私の意図するところを感じてくれるようになっていった。そして徐々に、私が言わなくても自発的に練習に取り組むようになった。自分に足りないものは何なのかを考え、練習メニューなども自分で考え、工夫するようになっていったのである。

また、選手たちと積極的にコミュニケーションを取るのと同時に、監督である私と複数人いるコーチ、トレーナーとの情報の共有もしっかり行うようにした。

選手の心身の変化が見えれば、お互いにそれを伝え合うようにし「選手が練習に取り組みやすい環境づくり」に、指導陣が一丸となって励んだ。その結果、選手たちの中に指導陣に対する信頼感が芽生え、私たちと選手との距離も近くなっていった。

指導陣との距離が近くなっていくにつれ、選手たちも我々と積極的にコミュニケーションを取り、思っていることを伝えてくれるようになった。

自分の意見を述べるということは、当然ながらそこに自分の発言に対する責任感も生まれる。私は選手たちの中に、そういった責任感が生まれたことが何よりもうれしかった。

教えすぎない教えのさらなる効能

選手たちと積極的にコミュニケーションを取る一方で、私が彼らの自主性を引き出す上でもっとも気をつけていたのが、「あまり言いすぎない」「説明しすぎない」ということだった。

要するに「教えすぎる」ことが、選手たちから自主性を奪うものだと私は考えたのだ。１から10まですべてを説明するのではなく５くらいに留めておき、あとは選手たちに考えさせる。そういう接し方を徹底した。

すると、練習中の選手たちの様子が徐々にではあるが変わっていった。本当に自然発生的に、選手同士で「そこはこうするべきだろう」とか「こうしたほうがもっとよくなる」と、意見を出し合うようになっていったのである。

阪神タイガースに入団した履正社ＯＢの坂本誠志郎は、そういった「考える野球」

ができる選手だった。たとえばノックの最中、私が「あの選手はこうすればいいのに」と心の中で思っていることを、坂本はすぐに言葉にしてその選手に発していた。私が言うより前に、選手たちが気づいたことを指摘し合う。私が望む形を、坂本は見事に具現化してくれていた。

選手たちが積極的に意見を出し合う。これは私が高校生の頃にはまったくなかった光景である。半年の謹慎期間を経て、選手たちとの関わり方を見直した結果、チームは「自分で考えて動く」方向へと変わっていった。

謹慎前の私は「俺が何とかしておまえらを勝たせてやる」くらいの勢いで指導をしていた。だが、選手たちは「自分たちが野球をしているのだから、自分たちで考え、プレーの質、野球の質を高めていこう」と意識してくれるようになった。

だから本校では練習中、いいプレーをすれば選手同士で「ナイスプレー！」とほめるし、だらしのないプレーをすれば「何やっとんねん！」と本気で怒る。他の選手を本気で怒るということは、怒っている選手本人も普段から練習にしっかり取り組んでいなければならない。こういった強い責任感を持っている選手が多ければ多いほど、そのチームは強くなる。

選手たちが自分で考えて、行動できるようになるには多少の時間を要する。でも私は焦らずに、選手たちに「自分で考えて、行動する」ことの大切さをミーティングなどで伝え続けた。

「自分で考えて、行動する」

この一歩が踏み出せないのは、その選手が失敗を恐れているからである。

だから私はそんな選手に「失敗してもいい。失敗するからこそ、〝だったら次はこっちに踏み出そう〟と新たな一歩が踏み出せるんだ。それが〝自分で考えて、行動する〟ということなんだ」と伝えるようにしている。

最近、私は「監督が変わればチームは変わる」ということをしみじみと感じる。よく、監督が交代して2～3年したら、チームが急激に強くなるというパターンを目にする（あるいはその逆で弱くなることもある）。監督が別の人間と交代するのではなく、同じ監督だとしてもその監督が考え方、そしてやり方を変えれば、チームは大きく変わる。それを私は体現してきたつもりだし、チームの変化をここで止まらせることなく、いい方向へとさらに進化させていきたいと考えている。

キャプテンとマネージャーをそれぞれ任命

本校の野球部では、選手たちを仕切る役割として「キャプテン」と「マネージャー」の二役を設けている。「マネージャー」といっても、他校のような「女子マネージャー」はおらず、男子選手がマネージャーを務めており、その役割も「女子マネージャー」とはだいぶ異なる。

うちのマネージャーは、キャプテンと同等か、それ以上の重責を担っている。キャプテンはグラウンド内で選手たちを仕切るのに対し、マネージャーはグラウンド外での選手間の人間関係の調整や道具・スケジュールの管理などやることが多岐に渡っている。そういったことから、うちでは選手たちの中でキャプテンと同じくらい、マネージャーへの信頼度も高い。

キャプテンとマネージャーの人選は基本的に私が行っている。コーチやトレーナー、さらにその年に引退する先輩たちに「誰が次のキャプテン（あるいはマネージャー）にふさわしいか」を聞き、それを踏まえて私が「この選手にお願いしよう」と決めている。野球のうまい、下手がその選考理由に影響することはまったくない。

だが、私はその役割を強制しない。キャプテンに任命しようとした選手が「僕はやりたくないです」と言えば、無理にやらせるようなことはせず、次の候補者に当たるようにしている。

選手にキャプテンやマネージャーの役割を無理強いしないのは、無理にやらせてもチームにとってメリットがあまりないからである。

時代の流れかもしれないが、近年強く感じているのは、キャプテンシーを持っている選手、または周囲に細やかな気配りのできる選手が減ってきているということだ。これはスポーツ界のみならず、教育界全体が「上から押し付けるだけの一方的な教育」を続けてきた結果のように思う。

だから私は最近、「この選手ならいいキャプテン（マネージャー）に変わってくれそうだ」という期待を込めて、ふたつの役割を任せるようにしている。「立場や役割が人をつくる」というのは、昔から往々にして起こってきたことである。

「選手自身が考えて、行動する」ことを続けていけば、最初は荷が重いと感じていた役割も全うできるようになるのだ。

ベンチ入りメンバーを選手に決めさせる選手間投票

毎年というわけでは決してないが、私は大会前になると全選手に「ベンチ入りメンバー投票」をさせることがある。

要は、選手自身が監督になったつもりで、ベンチ入り20名（甲子園なら18名）を選考し、その投票を集計するのだ。

選手の中には「レギュラー9人しか思い浮かびません」「15名は選べますが残りの5名が決められません」というような者もいる。そういう場合は無理に20名を考える必要はなく、自分の選べる人数だけでＯＫとして、選手にメンバーを選考させる。

この選手間投票は10年ほど前から始めたのだが、山田哲人の代が甲子園に出場した時も行った。

もちろん、ベンチ入りメンバーはバランスも考えなければならないから、「外野手が7人も8人もいる」とか「ピッチャーが半分を占めている」「キャッチャーがひとりしかいない」というような極端な選考、あるいは「人気投票」のような選考だけはしないようにと伝えている。

「そんなことをして大丈夫なのか?」とお思いの読者の方もいると思うが、この投票をしてみて、私の考えとまったく違うということはほとんどなかった。というより毎回、私の考えとほぼ一致していた。山田の代の時は、ひとりだけ私の考えと異なる選手が入っていたが、「おまえらが選んだ選手を使う」と約束していたので、甲子園ベンチ入りの18名は選手間投票に従った。

この結果からわかることは、選手たちはちゃんとお互いに観察し合っているということである。そしてその評価は、おおかた正しい。

この投票は記名式で行うのだが、どんなメンバーを選考したのかを見れば、その選手の野球観がわかる。投打のバランスを考える選手もいれば、走塁、打力重視の選手もいるし、本来外してはならないレギュラー選手を選考から外してしまっているような者もいる。そういった「大事なものを見落としている」タイプはだいたいがおっちょこちょいで、グラウンドでプレーしていてもイージーなミスが多い。

「自分は絶対にベンチ入りできる」と確信していた選手が投票の結果、本人の1票しか入っていなかったということも往々にしてある。これは、自分自身を過大評価してしまっているタイプか、人として信頼されていないタイプかのどちらかである。

この選手間投票は選手の考え方がわかるだけでなく、選手自身にも「他の選手から見られている」という自覚が芽生える。いろんな効能があるので、団体競技を指導されている指導者の方にはぜひお試しいただきたいと思う。

親と選手、それぞれと三者面談
——面談後、劇的に変化した山田哲人

選手たちと積極的にコミュニケーションを取る方針に舵を切ってから始めたことで、もうひとつシーズンオフ恒例の「三者面談」がある。

この面談をやろうと考え始めた当時、選手との面談を軸に考えていたが、保護者も加えた三者面談でもいいような気がした。そこで保護者会の会長さんに「選手を交えた三者面談をしたいのですが」と尋ねたところ「子供と一緒ではなく、面倒かもしれないが親と子、それぞれに面談をしてほしい」とお願いされた。そこで選手は1・2年生全員、保護者は2年生の親に限ってそれぞれ面談を行うことにした。

この面談は11月下旬から12月末の約1カ月間をかけて行う。親御さんで平日に来られる人は限られるので、ほとんどが土日の面談になる（平日は選手との面談を主に行っている）。部員数が60〜70名いる今、週末にまったく練習を見ることができず、ひたすら親御さんと面談をしているような一日もある。

親御さんとの面談では、普段の選手の家での様子から、ご両親の考え方までいろんなことを聞くし、私も聞かれたことには真摯に答えるようにしている。進路の話も当然出てくるので、そこで親御さんの考えを確認しながらプロ、大学、社会人などの可能性を探っていく。

「うちの子はなんでベンチ入りできないんだろう？」というような疑問、不満を抱いている保護者は話していればだいたいわかるから、そういった時もなぜお子さんがべンチ入りできないのかをしっかりと説明するようにしている。場合によってはコーチやトレーナーから収集した情報をお話ししたり、先述した「選手間投票」の結果を見せたりする時もある。そうすると、たいていの親御さんはそこで納得してくださる。

選手によってはこの面談を経て、劇的な変化を見せる選手もいる。その一番いい例が山田哲人である。

山田が2年生の時の面談でのこと。私は「おまえ、プロに行くんか？　それともどうしたいんや？」と彼に聞いてみた。すると彼は「プロに行きたいです」と即答した。

その頃の山田は、素材としてはとてもいいものを持っていたが、普段の練習に取り組む姿勢がまだまだいい加減だった。プロを目指すのであれば、もっと真剣に野球と向き合い、日々の練習に臨まなければならない。私は彼にそのことを話し、さらにシーズンオフにはOBであるT‐岡田が、履正社のグラウンドで練習することになっていたので「T‐岡田と直接話をしてみろ」と伝えた。

T‐岡田と山田が何を話したのか、私は何も聞いていない。でも、T‐岡田と話をした後から、山田は練習に取り組む姿勢が劇的に変わった。自分で考えて積極的に練習をするようになり、それ以来夏の甲子園が終わるまで、私が彼を練習態度などで指導することは一切なかった。

同じ実力なら下の学年を使う
——思い出代打は行わない

日本の社会には、古くから年功序列という雇用システムが存在する。実力ではなく、年齢や勤続年数で給料が上がっていくシステムだが、選手の実力で勝負するスポーツにおいては、この年功序列という考え方は不要だろう。

もしチームに同じ実力の選手がふたりいたとして、それぞれ学年が異なっているとしたら、私は迷わず下級生の方を試合で使う。

夏の大会のベンチ入りメンバーは、どの学校の監督でも頭を悩ませるものだと思うが、監督の中には「最後の夏だから」と、3年生に気をつかってベンチ入りをさせる人もいる。

でも私がベンチ入りメンバーを考える際、この年功序列的な考え方は一切用いない。

同じ実力なら下級生のほうをメンバーに入れる。下級生を選ぶのは、長期的な視点でチームづくりを考えた時にそのほうが有益であるからだ。

たとえば夏の大会で、3年生はその大会限りで終わりだが、2年生はあと1年活動できるし、1年生ならあと2年活動できる。実戦という経験は、どんな練習よりも選手の実力を伸ばす。だから私は迷わず下級生を起用する。もちろん、選手たちには普段から私がこのように考えていることを伝えている。

また、夏の大会でよく見かけるのが、負けているチームが最終回に3年生を代打で出すシーンである。

私の考えでは、この起用法はあり得ない。なぜなら、選手起用に監督が情けをかけるのは、その選手に失礼ではないかと思うからだ（もちろんその代打の3年生の打力が、レギュラーメンバーに勝るとも劣らないのなら別だが）。

「どうせ負けるんだから、思い出づくりに出してやろう」

こういった考えのもとで起用された選手はどう思うか。私がもし選手だったら、そんな使われ方をしたらとても自分がみじめになる。

きっと世の指導者は「最後まであきらめるな」と普段から言い続けているはずであ

る。それなのに、最後に代打の切り札でもない3年生を、バッターボックスに送るのは筋が通っていないではないか。いくら最後の大会とはいえ、いや最後の大会だからこそ最後まであきらめない姿勢で臨むのが、指導者のあるべき姿ではないだろうか。

指導者は忍耐強くあれ

――その我慢が選手の実力を伸ばす

野球に限らず、この世に存在する「ゲーム」と呼ばれるものは、気づきの多いほうが勝つ。だから私は、本校に入学してきた選手には「いかに早く気づくかだぞ」とも伝えるようにしている。

高校野球は実質2年4～5カ月で終わってしまう。だったら「自分には何が足りないのか」「自分はどういう練習をするべきか」に早く気づければ気づけるほど、それだけ限られた時間を有効に使うことができ、自分の実力を伸ばしていける。

選手の中には、なかなか実力が伸びないタイプもいるが、その多くは「過去の自分」ばかりを見ているから成長が阻害されているのだ。「中学の時はエースで大活躍した」「中学の全国大会でホームランを打った」などと、過去の栄光に囚われている選手は残念ながら成長できない。

1年、2年と経験を積めば、いろいろなことに気づけるようになる。この気づきの差がプレーの質となって表れる。

何かに気づけば、次の一手を繰り出すための方法を事前に考えるようになる。逆に気づきのない選手は、何も考えないから行き当たりばったりのプレーとなる。どちらの選手が質の高いプレーができるようになるかは、私が申し上げるまでもないだろう。だから、私は選手たちに常に「根拠」を求める。走攻守、すべてにおいて根拠のないプレーをした選手がいれば、私は「なぜ、理由がないんだ」と叱る。どんなプレーであっても、そこには根拠がなければならない。

自分で気づき、次のプレーを考えることができるようになるには、ここまで何度か申し上げてきたように「教えすぎない」ことが肝心だ。

選手が気づくまで待つ。実はこれは、指導者にとってとても忍耐を要する作業である。たいていの指導者は、選手が気づくのを待つより自分で教えてしまったほうが早いから、ついつい「教えすぎ」てしまう。しかし、選手のこれからを考えるのであれば、指導者は選手が気づくまでじっと待ってあげることも時に必要なのだ。

謹慎処分を受ける前の私は、選手たちが気づくまで待ってあげることができなかった。あの頃の自分と今の自分を比べれば、なんと我慢強くなったものかと我ながら感心する。

指導者であれば「自分のチームを強くしたい」と思って当然である。だが、チームを強くするために、すぐに効き目の表れる特効薬など存在しない。指導者に必要なのは「選手が気づくまでじっと待つ」という姿勢だ。時間はかかるが、この忍耐力こそがチームを強くするのである。

第3章

履正社から
プロへと
羽ばたいていった
選手たち

オリックス・バファローズのT‐岡田選手や、東京ヤクルトスワローズの山田哲人選手など、履正社にはプロ野球の世界へと進んだOB選手がたくさんいる。

彼らが一様に、高校時代から圧倒的な力を示していたかというと決してそんなことはなく、それぞれの選手が自分の個性を生かしながら、その力を少しずつ伸ばしていった。

果たして彼らがどのような高校時代を過ごしていたのか。彼らがプロに進めたのにはどのような練習、あるいは日常生活の心がけがあったからなのか。それを本章で紐解いていきたい。

T‐岡田 その1
守備と走塁がまったくダメだった

2005年の高校生ドラフトでオリックスから1位指名されたT‐岡田は、箕面のボーイズリーグに所属していた頃から「中学生とは思えないくらい飛ばす選手がいる」と評判だった。

ただ、うちに来たばかりの頃の岡田は、バッティングは文句なしによかったが、その他（守備、走塁）はまったくダメという状態。秀でた打力を持っていた彼は「打てばまわりが喜んでくれる」という環境で育ってきたため、知らず知らずのうちに守備と走塁がないがしろになってしまっていたのだと思う。

入学してきた岡田に、高校時代をどう過ごしたいかと聞くと「プロを目指したい」とはっきり答えた。そこで私は、「打力だけで勝負となると、ファーストで外国人助っ人と勝負せなあかんからなかなか難しいぞ。だから外野を守れるようにならなあかんし、走塁ももっとうまくならな」と諭した。

彼は元々が真面目な性格なので、私の言ったことを忠実に守り、守備にも走塁にも真剣に取り組んでいた。その甲斐あって、3年生になると彼は外野の守備もこなせるようになり、ノーサインで盗塁したりすることもできるようになった。

バッティングに関しては、1年生の時から打球の飛距離が群を抜いており、1年の夏から彼は4番を打っていた。

練習グラウンドのライト側フェンスの外には、柵越えした打球が敷地外に飛んでいかないよう高さ20メートルほどのネットが張られていた。岡田が入部してくるまではそのネットで事足りていたのだが、彼の打球が頻繁にそのネットを越えていくことから、さらにネットを付け足さなければならなかった（それでも彼の打球はちょくちょくネットを越えていた）。

履正社では、バッティング練習は基本的に木製バットを使うことになっている。とはいっても、高校に入りたてで力のない1年生に木製を強いるのは酷なので、1年生が木製を使うのは秋以降でいいことにしている。

だが、岡田だけは別だった。金属バットで打たせると場外弾を連発するので、彼には入部して1カ月ほど経った頃には木製を使うよう命じた。

T-岡田 その❷
逆方向へ飛ばす技術もナンバー1

入学当初の岡田はライト方向への長打が多かったが、バッティングの際の後ろ手

（左バッターの左手）の使い方を指導したところ、90度どの方向にもホームランが打てるようになっていった。

正しいスイングをするには、後ろ手の肘がへそ方向に行かなければならない。体が早く開いてしまう選手は、この時に肘がへそ方向に入っていかず、脇のあたりで止まってしまうため、うまく後ろ手を使うことができない。だから体を回転させて対応しようとして、体が開いてしまうのである。

岡田にはこのへそ方向に肘を入れることを強く意識させ、インパクトの瞬間にグッと左手で押し込む感覚を覚えさせた。元々才能のある選手なのでその要領をすぐにつかみ、逆方向へも難なく長打を打つようになっていった。

「この選手はプロを目指せる」という私なりの目安がある。それは、今ご説明した逆方向へのバッティングである。右バッターなら右中間からライト方向に、左バッターなら左中間からレフト方向に柵越えを打てるようになったら、とりあえずはプロを目指す権利を得たと言っていいと思う。

T－岡田は早い時期から逆方向への柵越えを放っていたが、山田哲人は2年生くらいまでは「引っ張る柵越え」が多かった。だが3年生になって、山田も逆方向へ打つコツをつかんだようで、ライト方向にも柵越えを打つようになった。

履正社出身の長距離砲として名を挙げるとすれば、最近では千葉ロッテマリーンズに行った安田もいるが、岡田、山田、安田の3人の中で誰が一番逆方向へのバッティングがうまかったかといえば、間違いなく岡田である。

残念ながら、彼の代は甲子園に行くことができなかった。しかし岡田の高校通算55本のホームラン記録は、そのバッティング技術の高さを如実に表しているように思う。

T-岡田 その3
高校の時から精神的な強さを持っていた

岡田の打ったホームランはいくつも記憶に残っているが、中でも2年生の夏の大会で、舞洲ベースボールスタジアムで放った、バックスクリーン右への弾丸ライナーのホームランを鮮烈に覚えている。

この大会で、彼は5試合で5本塁打を打っていたので、相手チームからすれば手の付けようのないバッターだったであろう。そんなこともあって、彼は2試合にまたがり5打席連続敬遠をされるのだが、その時ふてくされたり、怒ったり、嫌な顔を表に出したりすることがまったくなかった。どんな時でも泰然自若としているメンタリティがあるから、彼はプロでも活躍できているのだと思う。

岡田は高校時代、ニューヨーク・ヤンキース（当時）の松井秀喜選手に憧れていた。そんな彼が、高校時代に松井選手と同様5連続敬遠を味わい、通算ホームラン数が松井選手の背番号と同じ55本だったのも何かの縁のような気がする。

3年最後の夏、私たちは準決勝で大阪桐蔭と対戦した。この時点で岡田のホームラン記録は54本だった。

大阪桐蔭には、岡田と同学年に平田良介（中日ドラゴンズ）と辻内崇伸（元読売ジャイアンツ）がおり、1学年下には中田翔（北海道日本ハムファイターズ）もいた。そして岡田は、リリーフで登板していた中田翔から、9回表に通算55号となるホームランを放った。

高校の3年間を通じて、私が岡田にバントのサインを出したことは一度もない。バントをすることがいけないことだとはまったく思わないが、私は彼を大きく育てたかった。だから彼には、1番からクリーンアップまでいろんな打順を打たせ、多くの経験を積ませた。そしてバッティング技術の向上だけではなく、「考えて野球をする」ことを学ばせた。

高校最後となった試合で、憧れの松井選手の背番号と同じ55本のホームラン記録を打ち立てるという、ドラマチックなラストを見せてくれた岡田。2005年高校生ドラフトでオリックスから1位指名された彼は、今も同チームで活躍している。2019年シーズン序盤は本来の彼の調子ではないようだが、これからもプロの世界で長くプレーしてくれると信じている。

山田哲人 その❶
才能だけで1年夏からレギュラーに

2010年にヤクルトからドラフト1位指名を受けた山田哲人は、中学時代はヤングリーグの選手で打順は6番くらい。それほど目立つ選手ではなかったが、うちのスタッフが見にいったところ足も速く、フィールディングもいいとの報告を受けた。当時の山田はずば抜けた打力を持っていたわけではなく、私たちはもちろんだが、山田のご両親もまさかプロに行くような選手になるとは思っていなかったに違いない。

山田は非常に身体能力が高く、そこに頼って野球をやっているようなところがあり、守備に関しては基本がまったくできていなかった。そこで私は、守備の基本を徹底して指導した。

バッティングは元々よかった山田は、ほどなくして頭角を現し、1年の夏にはファーストでレギュラー入りを果たした。

守備の技術を高めていった山田は2年でセカンド、3年になってショートの定位置をつかみ、バッティングに関しては3年生になってホームランも打つようになった。最上級生となって長打も出るようになったが、まさか彼がその後プロ野球界を代表するようなスーパースターになるとは想像もできなかった。

ただ、彼は身体能力の高さと走力、そして長打も打てるバッティングセンスを併せ持っていた。一昔前の西武ライオンズの秋山幸二選手を思わせるようなところがあったのだ。だから彼が卒業する時、私は「トリプルスリーを獲るような選手になれよ」

と言って送り出した（秋山選手も一度トリプルスリーを達成している）。でも、まさか山田が、そのトリプルスリーをプロ野球史上初の三度も達成する選手になるとは……。もちろん、偉業を成し遂げたのは彼の努力の賜物以外の何物でもないが、それにしても本当に驚きである。

T－岡田とその翌年の土井健大（元オリックス・バファローズ）、このふたりをプロ野球に送り出していた私は「こういう選手がプロに行くんだな」という目安のようなものが自分の中にできつつあった。

プロに行くには心技体、すべての面においてある意味高校生離れした高いレベルが求められる。山田は1年生の夏からレギュラーを獲得していたものの、先述したふたりのOBとは心技体の「心」の部分でやや甘いところがあった。

第2章の中で、山田は2年生のシーズンオフに行った面談から意識がだいぶ変わったと申し上げたが、その変化についてもう少し詳しくお話ししたい。

面談後、山田は本校グラウンドに練習に来たT－岡田と話をしたことで「プロに行きたい」という強い思いが自分の中に芽生えたようだった。

その頃、私が山田に言ったことがある。それは、プロのスカウトはヒットやホームランだけを見に来ているわけでは決してないこと。キャッチボールをしっかりやっているか。内野ゴロを打った時に手抜きせずに一塁まで走っているか。グラウンド、ベンチ内でどのような立ち振る舞い、声がけをしているか。そういう「野球への取り組み方」すべてを見ているのだと。

それからの山田はキャッチボールひとつとっても、それまでとはまったく違い、真剣にやるようになった。すべての練習メニューに対して、目的を持ってしっかりと取り組むようになった。もちろん試合中も、内野安打になりそうな当たりだけでなく、ただのピッチャーゴロだとしても一塁まで全力疾走するようになった。

山田哲人 その2
人の話を聞くようになり、成績も急上昇

3年生の先輩たちが引退し、山田たち2年生主体の新チームとなった秋頃、私は同じような三振ばかりする山田を試合中によく怒っていた。

当時の彼は、アウトコースに外れるスライダーなどのボール球を打ちにいって、三振するというパターンがとても多く、なかなかその悪癖が改善されなかった。要は何も考えずに打席に立っているから、追い込まれてもただ「来た球を打つ」だけ。考えて野球をしていないから、同じような失敗を繰り返すことが多かったのだ。

ところが、前項で述べたようにT－岡田と話をした後は、見違えるように野球への取り組み方が変わっていった。監督やコーチといった指導者だけでなく、チームメイトからの助言なども素直に聞き入れ、修正すべき点は修正し、プレーの質を向上させていった。

人の話を聞き、それを練習やプレーで生かすことによって、山田の成績は見る見るうちに上昇していった。

「がんばったらがんばった分だけ、いい結果が出る」

それを知った山田はさらに努力を重ねるようになり、3年の春の大会で履正社は優勝。彼はその大会で4割を超える打率を残し、近畿大会準優勝の立役者となった。

この近畿大会で、相当数のスカウトが山田を見に球場へやって来ていた。その様子を見て私は「山田はドラフトにかかるな」と確信した。

考える野球を実践するようになり、成功体験を繰り返し、山田はより一層周囲の人たちの話を聞くようになった。そういった経験があるから、彼はプロに行ってからも、杉村繁コーチ（現・東京ヤクルトスワローズ巡回コーチ）や三木肇コーチ（現・東北楽天ゴールデンイーグルス二軍監督）などの素晴らしい指導者と出会い、自らのバッティングの質をより高めることができたのだろう。

山田と過ごした3年間で一番記憶に残っているのは、第1章でもお話ししたが、PL学園との激戦を制した夏の大阪予選4回戦である。私が監督となってから初めてPL学園を破った試合であり、あの時の勝利は生涯忘れることはない。前日に熱中症となった山田が9回表に放った同点タイムリーも、私の脳裏に深く刻み込まれている。

他にも、山田の放ったホームランで印象的だったのは、本校グラウンドで行われた東洋大姫路との練習試合。そこで山田は1学年下の原樹理（東京ヤクルトスワローズ）から、レフトフェンスのさらに向こう側にある竹林を大きく越えるホームランを打った。T－岡田もライトフェンスを大きく越えるホームランを何度も打ったが、右バッターとしてはあの時の山田の当たりが最長記録だと思う。体の線は細いが、体幹をうまく使って遠くに飛ばす技術を、彼は高校の時から持っていた。２０１０年、ヤクルトからドラフト1位指名を受けて以降、彼は天性ともいえるバッティング技術をさらに磨き、トリプルスリー三度達成という前人未到の記録を打ち立てた。

山田はまだ26歳と若い。彼がこれからどのような偉業を達成してくれるのか。一野球ファンとして、今後の活躍を楽しみに見続けていきたいと思う。

寺島成輝　その1
練習プランを自分で考えて成長

2016年、東京ヤクルトスワローズからドラフト1位指名された寺島成輝は、中学時代は箕面ボーイズに所属しており、練習グラウンドが本校グラウンドのすぐ近くにあった。

ボーイズで世界大会優勝を果たしたこともあり、彼は全国の強豪校からも注目を集めていた。グラウンドが近いこともあって、私も何度か試合などを見に行ったことがある。さすがは世界大会で優勝を成し遂げたピッチャーである。変化球はそれほどでもなかったが、キレのあるストレートは中学生離れしていて素晴らしかった。

寺島のご両親の中には進学先の候補がいくつかあったようだが、最終的に「地元である履正社がいい」と彼が決断し、うちに入ってくれることになった。

入学したばかりの頃の寺島は、要領のいいタイプで、良く言えば言ったことをすぐに理解できるタイプ、悪く言えば指導者が見ていないと手を抜くようなタイプだった。

全国から注目されるピッチャーだっただけに、しっかりと先を見据えた指導をしていかなければならない。そこで私が「将来はどうするつもりや？」と聞くと、彼は「プロを目指します」と言う。

私は寺島をどう指導していくかを考えた。そして、彼の性格を踏まえ、上から押し付けるような指導はせず、彼の自主性に任せてやっていくことにした。

次の日曜の練習試合で投げることが決まっていれば、日曜にピークを持ってくることができるような1週間のプランを自分で考えさせ、毎日の練習に取り組ませた。

今日は何球投げる、あるいはこの日はノースローにする。そういったことも全部本人のやりたいようにやらせた。もちろん、わからないことがあればピッチングコーチに相談するようにとは伝えたが、ピッチングコーチもああしろ、こうしろと寺島に指図するようなことはなく、基本的に私たち指導陣は「聞かれれば答える」というスタンスを貫いた。

この自由にやらせる方法が寺島にはとても合っていたようで、彼は順調に成長してくれた。彼の成長を見ながら私は、「やはり十把一絡げの指導法ではいけない。それぞれの選手の個性を考え、その選手に合った練習法や助言をしていかなければ選手は伸びない」と実感した。

謹慎処分を受ける前の私であれば、きっとこのようなやり方で寺島を指導することはなかっただろう。そう考えると、成長するべきは選手だけでなく、私たち指導者も日々選手たちに揉まれながら成長していかなければならないのだと思う。

寺島成輝 その❷
チームの柱となり、甲子園出場を果たす

「自分で考え、毎日の練習に取り組む」

この手法を続けた結果、寺島の中に「エースとしての自覚」が芽生え、チームの中でも中心的な存在になっていった。

彼の在籍中、私たち指導陣が一番気をつけていたのは「ケガをさせない」ことだった。投げすぎ、あるいはオーバーワークによって肩や肘を痛めることがないよう細心の注意を払い、監督、ピッチングコーチ、トレーナーが意思疎通をしっかりと図るようにしていた（もちろんそれは彼以外も同じではあるが）。

寺島は私が監督として30年以上見てきた中で、ナンバー1の左腕である。先述したように彼は140キロ台中盤のストレートがよかったし、何より制球力が優れていた。彼は1年の夏からベンチ入りを果たし、2年の夏にはそれまでのエースと2番手を押しのけ、夏の予選の初戦に先発するという「実質エースの座」を勝ち取った。

ちなみにそれまでのエースと2番手とは、2014年のセンバツで準優勝を果たした時の2本柱（ともに1年生）だった溝田悠人（同志社大）と永谷暢章（JR東日本）である。このふたりを飛び越えての初戦先発、しかも相手は優勝候補の大阪桐蔭だった。残念ながら私たちは大阪桐蔭に1-5で敗れることになるのだが、この敗戦が寺島をその後より成長させてくれたように思う。翌2016年の夏、3年生となった寺島は、私たちを甲子園へと導いてくれ、3回戦進出の原動力となってくれた。

また、彼と同学年には山口裕次郎という左腕がおり、寺島と山口ふたりの好投もあって私たちは甲子園に行くことができたのだ。同じ左腕の好投手である山口という存在があったからこそ互いに切磋琢磨し、寺島はあそこまで成長できたといえる。

その後、寺島はU－18侍ジャパン・高校日本代表にも選ばれてアジア大会に出場すると、この大会でも大活躍して最多勝と最優秀防御率、さらにはベストナインの3冠に輝いた。

夏の甲子園と侍ジャパンでの活躍もあり、彼はその秋のドラフト会議において東京ヤクルトスワローズから1位指名を受けた（先述の山口も、北海道日本ハムファイターズから6位指名を受けるが、社会人のJR東日本に入社して活躍中である）。

2019年5月現在、寺島はヤクルトの二軍でプレーしている。ケガの影響などもあり、自分の思うような投球ができていないようだが、彼の技術とハートがあれば一軍で登板できる日もそう遠くないはずだ。神宮のマウンドに、エースナンバー「18」が登板する日を心待ちにしている。

安田尚憲　その1

一冬を越えて覚醒した左の大砲

2017年のドラフトで千葉ロッテマリーンズから1位指名を受けた安田尚憲は、その大きな体から長打を放つ左の大砲としてプロでも期待されているが、彼が履正社に入学してきた時はすでに身長が185センチを超えており、筋肉質というよりはちょっと太めの体型だった。

安田は中学時代から注目を集めていた選手ではなかった。しかし、知り合いから情報を得て彼の練習を見に行ったところ体は大きく、スイングした時のリストの使い方がとても柔らかかった。

その後、別のスタッフに安田の出場する試合を見に行ってもらったのだが、その時の安田は攻守ともにまるでダメだったようで、スタッフも「守備は動けないし、緩い球も全然打てませんよ」と酷評だった。

ただ、私は自分の目で見た安田のバッティングが脳裏にしっかりと焼き付いており、「彼ならやれる」と思っていた。その後、まさかドラ1の選手にまで成長するとは思いもしなかったが、履正社でレギュラーになれる確率は高いと考えていた。

当初は太めだった体格も、夏を過ぎる頃にはすっかり絞れて、守備力も向上していった。そして安田は、1年生の秋にはレギュラーではないものの「5番・サード」などで試合に出るようになった。

1年生は、一冬を越すと見違えるように投打の力を伸ばすことがある。日々の練習、冬ならではの筋トレやダッシュなどで体がたくましくなり、バッティングの飛距離が伸びたり、ピッチャーの球速が上がったりするのだが、安田も一冬を越えて大きく成長した選手のひとりである。

筋肉が付いたことにより体重は10キロほど増え、練習では柵越えを連発。前年まで、4番は1学年上のエースだった寺島成輝が打っていたが、3月のオープン戦が始まってからは安田を4番に据えた。すると安田は、試合でも面白いようにホームランを量産した。彼はホームランを打つコツをつかんだようだった。

春に目覚めた安田は、寺島たちとともに出場を果たした夏の甲子園でも、4番として12打数4安打と活躍してくれた（大阪予選では、25打数13安打2本塁打15打点の大当たりだった）。

山田哲人などもそうだったが、努力したことに対して結果が出るようになってくると、選手の心の中に「プロに行きたい」という気持ちが芽生えてくる。私はその気配をいち早く察し、「この選手はプロに行ける」と踏んだら、こちらから「プロに行くためには、普段の練習に臨む姿勢から変えていかないと」と発破をかけるようにしている。そうすると選手たちは指導陣が何も言わなくても、自分に何が足りないのかを考え、自主的に練習に取り組むようになっていく。「鉄は熱いうちに打て」と言うが、何事もタイミングが肝心なのだ。

安田尚憲　その❷
ライバル・清宮幸太郎との対決で大きく飛躍

1学年上の寺島たちと戦った夏が終わり、秋から安田の代の新チームとなった。秋の大会で安田は3番・サードとして50打数21安打4本塁打22打点の好成績を残し、チームの近畿大会優勝に大きく貢献してくれた。

私の記憶に今も色濃く残っているのは、その後に行われた神宮大会の決勝戦である。近畿大会で優勝したものの、私もまさか神宮大会の決勝まで進出するようなチームになるとは思っていなかった。打撃面では安田が、そして守備面ではエースの竹田祐（明治大）が一戦ごとに成長し、チームを牽引してくれた。

清宮幸太郎（北海道日本ハムファイターズ）を擁する早稲田実業との決勝戦。立ち上がりを大事に行こうと選手たちと話していたが、初回に清宮にホームランを打たれて1点を先制されてしまった。

この大舞台でいきなりの先制パンチを放つのだから、「さすが清宮だな」と思うほかなかった。そして私は心の中で「こんな時こそ、安田も一発打ってくれるといいのだが」と祈りにも似た思いを抱いた。こういう場面で打ってこそ、真の主砲である。山田哲人もこういった大事な局面で何度も活躍し、プロの世界へと駆け上がっていった。安田にも山田と同じように、ステップアップしてもらいたかった。

同点で迎えた3回表、1アウト一・三塁で安田に打順が回ってきた。履正社にとっては絶好のチャンスだ。ここで安田は私たちの期待に応え、ライトスタンドに飛び込む逆転3ランホームランを放った。チームの優勝、そして安田の明るい未来をも引き寄せるような、重要な一発となった。

今、プロの一軍定着を目指してがんばっている安田だが、履正社在学中の彼は学校の先生、生徒、誰からも慕われ、応援される存在だった。

授業態度、成績も含め、彼は他の生徒の模範となり、日常生活でも時間を守り、提出物などを忘れることはなかった。神宮大会で活躍したことで、マスコミの方々もグラウンドにたびたび訪れるようになったが、記者のみなさんは安田の受け答えがあまりにもしっかりしているため「すごいですね。考え方も高校生離れしている」と感心しきりだった。

高校生の頃からしっかりと自分の考えを持ち、自らを律しながら生活していた安田は、プロの世界でも必ず活躍してくれるはずである。履正社の野球部員だけでなく、全国の球児たちの目標となるような選手になってくれるよう願っている。

明治大学からタイガースへ入団した坂本誠志郎は視野が広かった

履正社から直接プロ入りした選手だけでなく、大学や社会人野球などを経てプロ入りしたＯＢも多い。先述したＴ－岡田、山田などを含め、履正社出身者は以下の９名がプロ入りを果たした。

岸田護　東北福祉大→ＮＴＴ西日本→オリックス（２００５年社会人ドラフト３位）

Ｔ－岡田　オリックス（２００５年高校生ドラフト１位）

土井健大　元オリックス（２００６年高校生ドラフト５位。現東大阪大柏原野球部監督）

山田哲人　ヤクルト（２０１０年ドラフト１位）

坂本誠志郎　明治大→阪神（2015年ドラフト2位）
寺島成輝　ヤクルト（2016年ドラフト1位）
宮本丈　奈良学園大→ヤクルト（2017年ドラフト6位）
安田尚憲　ロッテ（2017年ドラフト1位）
中山翔太　法政大→ヤクルト（2018年ドラフト2位）

この中では、2015年に阪神から2位で指名された坂本誠志郎も、記憶に残る選手のひとりである。

坂本はキャッチャーをしていたのだが、典型的なキャッチャータイプの選手で、高校生ながら周囲を見る目、広い視野を持っていた。

本校の野球部生徒は野球ノートを毎日つけており、それを私やコーチたちがチェックし、気になることがあれば返事を書いたりしている。そのノートを見れば、その選手がちゃんと考えて野球をしているか、考えて日々の練習に取り組んでいるかが一目でわかる。

坂本のノートは私たち指導者が見ても感心してしまうくらい、よく考えて野球をしていることがわかる内容が綴られていた。練習への取り組み方だけでなく、キャッチャーとしての配球、ピッチャーそれぞれのリードの仕方など、高校生とは思えぬほど突き詰めて野球を考えていた。

坂本に関しては、実力的にプロへ行くほどではないにしろ、社会人なら十分にやっていけると思っていたところ、彼は明治大に進学してから1年生にして正捕手の座を獲得した。

坂本は視野が広いだけでなく、チーム内で良好な人間関係を築くのもうまかった。真面目といえば真面目、でもその中にちゃんと遊び心も持っている。そんな人間なので指導者にも向いていると思っていたが、大学4年間でしっかりと成績を残して阪神から上位指名を受けるにいたった。

今現在（2019年）、阪神の監督は矢野燿大監督が務めている。矢野監督も桜宮時代の私の教え子なのだが、そのふたりがこうやって同じチームで監督と選手として巡り合ったのも何かの縁のような気がする。次項ではその矢野監督との思い出をご紹介したい。

阪神・矢野燿大監督の高校時代

第2章で少しお話ししたが、私が履正社の監督になる前に常勤講師として勤めていたのが桜宮であり、その野球部で当時2年生だったのが矢野だった。

その頃の矢野は本当に寡黙な選手だった。典型的な「背中でみんなを引っ張っていくタイプ」で、2年生の秋に新チームとなると彼はキャプテンになった。

キャプテンでキャッチャーで4番。まさにチームの大黒柱といっていい存在である。肩がめっぽう強く俊足、さらにフィールディングもよかったので、彼はキャッチャー以外にも内野のいろんなポジションを守ることができた。

だが、やはり彼が一番光り輝いていたのは、キャッチャーをしている時だった。私の30年以上に及ぶ高校野球指導者人生の中で、先にご紹介した坂本をはじめ、素晴らしいキャッチャーは何人かいた。そしてその中で「ナンバー1」を挙げろと言われれば、私は迷うことなく矢野の名を挙げる。

私は講師をしていたため、体育の授業でも矢野を教えた。彼は野球だけでなく、あらゆる競技（とくに球技）が上手だった。生まれ持っての運動センスというのだろうか。山田哲人もそうだったが、身体能力の高さは全校生徒の中でもずば抜けていた。

私が東洋大姫路出身ということもあり、彼には東洋大進学をすすめたりもした。しかし、その年の東洋大にはＰＬ学園とその他に関東の強豪校からもうひとり、優秀なキャッチャーが入ってくるという。どうしようかと迷っている時、矢野が1年生の時まで桜宮で監督をしていた伊藤義博氏から声がかかり、彼は伊藤氏が監督を務める東北福祉大に進学することになった。

東北福祉大では大学日本代表などにも選出され、彼の1学年下には後に阪神でチームメイトとなる金本知憲もいた（金本は浪人して大学入りしたので、実際には矢野と同い年）。矢野が4年生の時に東北福祉大は全日本大学選手権で準優勝、そしてその翌年に悲願の初優勝を遂げた。彼は大学時代もキャプテンだったから、集団を引っ張っていくリーダー的資質が備わっているということなのだろう。

私が指導者となって「この選手はプロに行ける」と最初に思ったのは矢野である。

二軍監督時代から指導者としても評価の高かった彼だけに、阪神をどのようなチームにしてくれるのか本当に楽しみだ。

プロに行く選手は何が違うのか？

私は「この選手はプロに行ける」と思ったら、まずは野球に対する取り組み方を「プロ仕様」に変えさせる。もちろんその時の助言、対応も、選手によってアプローチの仕方は異なる。私が一番に考えるのは、「この選手の才能をより一層開花させるにはどうしたらよいか」である。

山田は私のちょっとした対応の変化で、大きく成長してくれた選手である。指導者の対応によって選手は良くもなれば悪くもなる。山田と一緒に野球をしていく中で、私はそれを彼から教わった。山田との触れ合いがなければ、その後の寺島への対応（本人のやりたいようにやらせる）もできなかったと思う。

私はプロを目指す選手に対し、「安定した生活を求めるのであれば、プロ野球は絶対にやめておけ」とまず最初に言うようにしている。生きるも死ぬも自分次第。結果がすべての厳しい世界であるから、そこで生き抜いていく強い覚悟がなければ決して通用しない。

高校時代、最終的にT－岡田は大学かプロか、山田は社会人かプロかの二択になった。そしてふたりは、強い覚悟のもとにプロ野球の世界を選んだ。履正社からプロ野球へと進んでいった選手たちに共通しているのは、いずれも野球の技術だけでなく、人間性にも優れているという点である。

それぞれに誰よりも負けず嫌いなのだろうが、それをあまり表面に出さない。感情の浮き沈みがあまりないので、どんな状況になってもコンスタントに好結果を残せるのだろう。

履正社を卒業し、その後大学や社会人に進んでプロ入りした選手は、アマチュア時代をしっかり生きていたからこそプロの世界から声がかかった。

人の話を聞かなかったり、自分勝手な行動ばかり取ったりしていれば、指導者からも嫌われ、試合にも使ってもらえなくなる。プロから注目されるには、まずは試合で活躍しなければならない。大学の強豪校はどこも部員数が多いから、人間的にダメな選手はすぐに外される。別に私は「指導者の機嫌を取りなさい」と言っているわけではない。人の話をちゃんと聞き、チームの和、チームの勝利を第一に考え、日々の練習に取り組む。それが何よりも大切だと言いたいだけなのだ。

野球の高い技術は持っているのに、チームより自分を優先させるあまりベンチから外され、腐って辞めていく選手はとても多い。野球の世界で生き残っていくためには、内面も磨いていかなければならないことを忘れないでいただきたい。

第4章

履正社の練習方法

甲子園に出場するための走攻守

私たちの野球は変化している
――〝バントの履正社〟は昔の話

かつて私が履正社で行っていたのは、典型的なスモールベースボール、わかりやすく言えばビッグイニングをつくって打ち勝つ野球ではなく、機動力と犠打などの小技を用いながら1点ずつ得点していく細かい野球だった。

以前は、ノーアウトでランナーが出塁すれば90％の確率でバントをしていた。そんなこともあって、ＯＢ選手たちは大学などの進学した先で「おまえは履正社から来たんだから、バントがうまいんだろう」と言われることが多いようだ。

しかし、判で押したように送りバントばかりしていたのは一昔前の履正社野球であり、最近は試合の序盤ではほとんどバントをしなくなった。

その代わり、近年多用しているのが「ランエンドヒット」である。ランナーが盗塁し、バッターはその場の状況に合わせて打ったり、見逃したり。こういった機動力を使った野球をするため、走塁練習も念入りに行っている。

もちろん、バントをまったくしなくなったわけではない。試合の中で相手ピッチャーの調子がよく、ロースコアの接戦となりそうな場合は、あえて「ここぞ」という場面でバントをする、あるいはスクイズをすることはある。

その代によって投手層の厚い時もあれば、打力に優れていたり、足の速い選手が揃っていたりする時もある。守備を重視した履正社らしい軸となるスタイルは貫きつつ、監督としてその代の特色に合わせて臨機応変に対応していく。それが強いチームをつくっていく上で大切なのだと思っている。

また、ここ数年とくに力を入れているのが、「走る」という意識を選手たちに植え付けることである。足の速い、遅いはあまり関係なく、チーム全体で「隙があれば走る」「走るチャンスを見出して次の塁を狙う」という意識を、強く持たせるようにしている。

次の塁を狙うには根拠が必要である。そこに根拠があり「行ける」と思って盗塁し、アウトになったのであればそれはＯＫ。その代わり、何の根拠もなく走った選手は容赦なく叱りつける。

相手バッテリーの配球を読み、「次は変化球だ」と確信してスタートを切る。あるいは相手ピッチャーのクセを読み、「牽制は来ない」と確信して早めにスタートを切る。そういった確たる考えのもとで盗塁したのであれば、たとえその読みが間違っていてアウトになったとしてもまったく構わない。考えて野球をするそのプロセスが大切なのだと、私は選手たちにいつも伝えている。

つなぐ野球
――それぞれの〝役割〟の意味を考える

私は、履正社の監督に就任した当初から「つなぐ野球をしていこう」と選手たちに言い続けている。

つなぐ野球を実践するためにもっとも大切なのは、選手たちの「次につなごう」とする意識と思考である。そして、選手たちが「つなぐ野球」をしていくために、監督である私にもできることがある。それは「バランスのいい打線を組む」ことだ。

一昔前、読売ジャイアンツが他球団から4番打者ばかりを引っ張ってきてチームを編成したことがあったが、その打線は見事に機能しなかった。これをゴルフにたとえるなら、ドライバー（飛距離を出すためのクラブ）だけを使ってラウンドするようなものである。

ゴルフには遠くに打つためのドライバーがあり、狙った場所に落とすためのアイアンがあり、グリーンに乗った後、カップを狙ってボールを転がすためのパターがある。クラブにはそれぞれの役割があり、その組み合わせがうまくいけばスコアはよくなる。遠くに飛ばすためのドライバーばかり集めても、当然のことながらスコアは決してよくはならないのだ。

ゴルフと同じように、野球もそれぞれのバッターが大事な役割を担っている。足の速い1番バッターならヒット、四球、セーフティーバントなど、さまざまな手段を用いて出塁することが求められる。しかし、1番バッターが「俺も4番のようにホームランを打ちたい！」と大振りばかりしていたらチームの得点率は落ち、打線は機能しなくなってしまう。

「つなぐ」という意識を持つためには、まず「自分の役割は何なのか？」を突き詰めて考えることが重要である。「つなぐ」ためには、時に自分が犠牲にならなければいけないこともあるだろう。しかし、それもこれもすべては「チームが勝つため」に必要なことなのだ。それを忘れてはいけない。

ただ勘違いしてほしくないのは、「つなぐ野球＝犠打（バントや犠牲フライなど）」ではないということだ。投球のコースによって左右に打ち分ける技術、相手ピッチャーの隙を突いて盗塁する技術、四球を選ぶ選球眼など、すべてが次の打者につなぐために大切な要素である。

自分の役割を認識し、では自分はどういった技術を磨いていけばいいのかを考える。「考える野球」のスタートはそこからだ。

選手の選球眼をよくするためには、見逃し三振でも怒らない

とある甲子園の統計によると、履正社の四球出塁率は結構高いらしく、とくにセン

バッのほうが際立って高いという。

なぜ、履正社の四球出塁率が高いのか。その理由は私にもよくわからない。別に普段から、選球眼をよくするための練習をしているわけではないし、試合中に「四球を選べ」とも言っていない。

だが、あえて理由を挙げるとするならば「つなぐ野球」を実践しているから、ということになるのだろうが、より具体的に説明すると、狙い球を絞るために「目付（めつけ）を上げる」よう、私は選手たちに指導している。

「目付を上げる」とは、「高目のゾーンを狙っていけ」という意味である。

全国レベルのピッチャーは、決め球となるキレのいい変化球を必ず持っている。そして低目に決まるその変化球は、ほとんどがストライクゾーンを外れた「ボール球」だ。しかし、その変化球のキレがあまりにいいため、バッターはストライクだと思って手を出してしまうわけだが、このボール球に手を出していたら、勝ちはどんどん遠ざかっていく。だから「低目には手を出すな」という意味で「目付を上げろ」と指示を出しているのだ。

心理学的な観点からいえば、人間とは面白いもので「低目には手を出すな」と言われると、低目ばかりを気にして思わず振ってしまったり、あるいはその逆で消極的になってど真ん中の甘い球も見逃してしまったりするようになる。私は、選手たちに積極性を失わせたくないから「目付を上げろ」と言い続けているのだ。

積極的に高目を狙っていれば、低目の変化球を見逃して三振してしまうこともあるだろう。それなのに、そこで指導者が「なんで見逃してるんだ！」とその選手を怒ったら、選手は「だったら低目も打っていかないといけないのか……」と中途半端な考え方になり、それが結果的にはどっちつかずのバッティングへとつながることになる。だから私は、選手たちに「自信を持って低目を見逃したのならそれはＯＫだから」とも伝えている。

そういった指導の甲斐あって、寺島成輝の代は左バッターが多かったが、左ピッチャーをまったく苦にしなかった。左対左だと、アウトコースに外れていくスライダーにどうしても手を出してしまいがちだが、うちの左バッターはこの見極めがとてもうまかった。そうなると当然四球も多くなるし、相手ピッチャーはストライクゾーンの中で勝負せざるを得なくなる。寺島たちは、そこで甘く入ってきたボールを逃さずに打ち返した。

それともうひとつ、高目を狙うことで得られる効能がある。それは「高目に甘く入ってきた変化球にも対応できるようになる」ということだ。

スライダーやカーブがすっぽ抜け、高目に行ったとする。ピッチャーとしては完全に「失投」なのだが、意外にこの高目の変化球を見逃すバッターが多い。

高目にすっぽ抜けた変化球は、ストレートの軌道よりも上から来るため、バッターには「完全なボール球」に見える。だから甘めのゾーンに入ってきても対応できず、見逃してしまうことになるのだ。しかし、実はこの抜けて高目に甘く入ってきた変化球ほど長打になるボールはなく、バッターからしてみればとても「おいしいボール」といえるのだ。

うちのバッターは普段から「目付を上」にして練習しているため、この高目の変化球も「待ってました」とばかりに振っていく。高目の意識付けをすることで、いろんな効能があることを覚えておいて損はない。

フリーバッティングとシートバッティングに目的を持って取り組む

普段の練習のフリーバッティングでは、打つ場所を5カ所設け、そこを順繰りに巡りながら打つようにしている。

5カ所のうちひとつは、選手が12mくらいの短い距離から投げ、あとの4カ所はピッチングマシンを使用している。

4つのマシンの設定もそれぞれ変えており、

①ストレート（120キロ程度）
②ストレート（140キロ程度）
③カーブ
④スライダー

という設定になっている。

限られた時間を有効に使うため、基本的なやり方としては1カ所にバッターをふたりずつ付け、タイマーで測りながら30分間で5カ所を巡っていく。

このバッティング練習時に、私はあまり細かいことは言わず、それぞれが目的を持って打つようにと指導している。

たとえばランナー二塁、右バッターなら最低でも逆方向の一・二塁間にゴロを打って、ランナーを進めることが求められる。そういったテクニックを身に付けるためには、自分でいろんな課題を持って取り組むことが重要で、「やらされている練習」では何も身に付かない。

フリーバッティングでいろんな技術を身に付けていけば、それがシートバッティングの時に効果として表れる。だから私は、普段から「ここは逆方向に打たないといけない」という場面で、平然と引っ張っているような選手は試合では使えないよ、とみんなに伝えている。

フリーバッティングは自分の技術を高める場で、シートバッティングはその高めた技術をまわりにアピールする場である。それをしっかりと自覚している選手は、バッティングの向上も早い。これは私の経験からも言えることである。

さぼれる環境が選手の自主性を育む
――プロに行ったOBはみな目的意識を持っていた

フリーバッティングをしている際、守備のための選手は付けない。これも限られた時間を有効に使うためのやり方のひとつである。

そもそも、5カ所から打っているのに守備を付けていたら、守っている選手が危険である。そんな危険なことをするくらいなら、もっと別に有効な練習方法はいくらでもある。私たち指導者は、そうやって「選手にとって何が一番効率的か」を考え、練習メニューなどを考えてあげるのも大切な仕事だと思う。

フリーバッティングをしている最中、その他の選手は空いているテニスコートで守備の基本練習をしたり、坂道ダッシュをしたり、ピッチャーなら投げ込み、さらにブルペン横のトレーニングスペースで筋トレをしたりしている。

このように、グラウンド内外のいろんなところで各自が練習しているため、私やコーチ陣もすべてを見ることができるわけではなく、選手にしてみればさぼろうと思えばいつでもさぼれる環境といえる。

しかし、実際にうちでさぼっている選手はほぼゼロに近い。「自分は何のために履正社に来たのか」を選手たちはよくわかっているし、プロに行ったOB選手たちも、高校時代はそれぞれが目的意識を持って目の前の練習に取り組んでいた。そういった先輩たちがひたむきに練習に取り組む姿を見て、後輩たちも成長していく。そのいいサイクルが履正社野球部にはある。

T-岡田は高校時代、自分が納得するまで毎日バットを振り続けていた。彼は「ホームラン」にもとてもこだわっていて、たとえばフリーバッティングでいくら調子がよくても、自分の思っている角度で、あるいは思っている方向に柵越えをしなければ納得しなかった。普段からそんな調子なので、試合で5打数5安打の結果を残したとしても、それがすべて単打だと「監督、自分のバッティングのどこがいけませんか?」と私に聞きに来ていた。

私の指導歴の中で、岡田ほど自分のバッティングにこだわっていた選手は後にも先にもいない。5打数5安打は、それぞれがいい当たりなら、すべて単打だとしても誇っていい結果である。だから私は、質問をしてきた岡田に対しては「そんなに意識することはない。いい当たりを打とうとするその先にホームランがあるんだから」と、岡田があまりこだわりすぎて思い悩まないように、ブレーキ役となるような助言をするようにしていた。

いずれにせよ、「自分がやらなければ落ちていくだけ」という環境が選手の自主性を育み、「考える野球」をチームに浸透させてくれるのである。

個々の課題は自主練で

——全体練習は〝合わせの場〟

私が選手たちの自主性に任せ、日々の練習に取り組んでいることは、ここまでご説明してきた通りである。だから私が選手たちに「一日〇〇〇本、バットを振れ」というような指示を出すこともない。

そもそも甲子園を目指している選手が、家に帰ってから素振りもしないということはあり得ない話だ。目指す場所が高ければ高いほど、そこにたどり着くまでの道は険しくなる。楽をしている選手に高みを目指す資格はない。

私がいつも選手たちに言っているのは、平日の17時〜20時までやっている3時間の全体練習は「合わせの場」であるということだ。

ラグビーにはフォワード（スクラム等でボールを奪う）とバックス（トライ等で得点を奪う）というふたつの役割があり、それぞれに練習内容も異なる。フォワードとバックスが揃って練習を行う時は、試合をイメージしたフォーメーションなどの練習であり、それぞれがやってきたことを実戦的に試す場である。野球の全体練習で行うシートノックやシートバッティングも、それとまったく同じなのだ。

ピッチャーの場合、ピッチングをしたくてもひとりではできない。だから全体練習時にピッチングをするわけだが、それ以外の時間を使ってシャドウピッチングをしたり、あるいは自分の体力を高めるためのトレーニング（ダッシュや筋トレなど）をしたりすることはひとりでいくらでもできる。

それと同様に打撃にしろ、守備にしろ、ひとりでできる練習はいくらでもある。それを自分で考えて自主練を行い、自分の能力を高めて全体練習でそれを試す。一人ひとりがそうやって個の力を向上させていくことが、結果としてチーム力のアップにもつながるのだ。少なくとも履正社は、そうやってチームを少しずつ強くしてきた。

帰りのスクールバスの時間が20時30分出発と決まっているため、平日の野球部の練習は20時までしかできない。だから選手たちが自主練を行うのは基本的に夜、家に帰ってからか、朝、学校に来てからの早朝練習となる。

現在野球部は学校の校庭を使用していないが、早朝練習に限り、校庭でのティーバッティングや短い距離のノックが許可されている。

選手が自主的に動き、練習に一生懸命取り組んでいる姿を見るのは、指導者としてうれしいものである。だから「こういう練習をしたい」という選手には、できる限りその場を提供できるよう私も力を尽くすようにしている。

遠征の練習試合をあまり組まない理由

履正社は土曜にも授業があるため、普段の土曜に試合を組むことはめったにない（夏の予選前であれば練習試合をやる日もある）。その代わりシーズン中の日曜は、ほぼ試合が入っている。チームをＡＢＣの３チームに分け、Ａは本拠地である本校グラウンドで、ＢとＣは遠征にといった具合である。

練習試合の対戦相手は、同じ府内のチームとやることはほとんどなく、近畿圏を中心にその周辺の強豪校と対戦させていただくことが多い。

２０１９年のセンバツで対戦した星稜、奈良の智辯学園などは頻繁に練習試合をしていただく関係である。

おかげ様で近年では履正社の名前も全国に知れ渡り、練習試合の申し込みがひっきりなしに入ってくるようになった。春～夏のトップシーズンは、ほぼ1年前には対戦相手がすでに決まっているような状況だ。

Aチームは、基本的に履正社のグラウンドで練習試合をすることが多いが、3月の春休みと6月中だけは遠征試合を組む。

ただ遠征といっても日帰りが多く、それほど遠くまで足を延ばすことはない。だから、関東の強豪チームなどとも試合をしたいのだが、なかなか実現していない。その代わりにといっては何だが、春休みや夏休みに関東のチームが遠征で大阪に来てくれることがあるので、その際は喜んでお受けしている。

東京だと、八王子学園八王子は安藤徳明監督が日体大時代の同級生のためよく試合をするし、早稲田実業の和泉実監督も同い年でよく連絡をくれる（だがスケジュールがなかなか合わず、まだ未対戦である）。埼玉の浦和学院も私たちのグラウンドにお招きして、練習試合をしたことがある。

また、甲子園に出場しなかった夏は、広島に遠征に行くことが半ば恒例となっており、広陵や広島商といった強豪と練習試合をさせていただいている。

愛知は日帰りエリアなので、東邦や享栄とよく練習試合を組んでいただく。大垣日大や中京大中京なども近年よく対戦させていただくチームだ。

泊まりでの遠征をあまり行わないのは、各ご家庭にあまり負担をかけたくないからである。野球というスポーツはただでさえお金がかかるので、私は親御さんたちにそれ以上の負担をできるだけかけたくないと思っている。

わざわざ何泊もせずとも、スケジュールをうまく組めば強い学校とも練習試合はできる。私はこれからもそのやり方を続けていくつもりだ。

バッティング編

ここからは履正社が日頃からどのような練習をし、そこで私がどのような指導をしているのかについて、具体的にご紹介していきたい。

まず最初は、バッティングの練習と指導から。

バッティングの基本　その❶

ボディゾーンで捉える

私が履正社で長年教え続けている「バッティングの基本」を本項ではご説明したい。まずは構え方。これは選手それぞれ、構えやすい形でいいと思っている。肝心なのは次の段階の「トップの位置」である。

トップの位置は、構え方と同じように十人十色というわけにはいかない。バットを振り出しやすくするためのトップの位置というものがあり、バッティングのいい選手はトップの位置がみなほぼ同じだ。

理想的なトップの位置をつくるために、私はいつも選手たちに「バットを握った右手と左手、それぞれで〝L〟の字をつくるように」と説明している。

要はバットを握った時、前腕とバットの角度が90度になるようにするのだ。そうすると、自然にバットの芯が後頭部に近いところにくる。これが理想的なトップの位置である。

次はバットを振り出してボールを捉えるまでだが、インパクトはヘソの真正面、私はこれを「ボディゾーンでボールを捉える」と表現しているが、強い打球を打つためにはヘソの真正面でボールを捉えなければならない。

この時大切なのは、「体を開かずに打つ＝ヘソはホームベース方向に向けたまま打つ」ということだ。ヘソがピッチャー方向に向いてしまうのは、体が開いているということで、それでは決して強い打球は打てない。体を開くことなく、ヘソの正面＝ボディゾーンでボールを捉え、その後に体を回転させながらボールに勢いを与えてやればいいのだ。

ボディゾーンでボールを捉える感覚は「置きティー」で打つポイントをつかむのが一番である。バットを振りながら「このポイントで捉えるとヘッドが走る」という場所をまずは探し、そのポイントのあたりに置きティーを設置する。後はそのポイントを体が覚えるまで、繰り返しひたすらバットを振ればいいと思う。

体を開かずに打つこの感覚さえつかめば、ボールを引き付けて打つことができるので、それだけボールの見極めもできるようになり、際どいボールをファールにしたりすることもできるようになる。

バッティングの基本　その2

遠くに飛ばすための後ろ手の使い方

トップからインパクトにかけて大切なポイントがもうひとつある。それは「後ろ手をうまく使う」ということだ。

後ろ手とは右バッターの右手、左バッターの左手のことを意味する。トップからインパクトにかけて、後ろ手の肘をヘソに近づけていけば、体を開くことなくスムースにバットのヘッドを出すことができる。

逆方向に強い打球を打つコツも、実はこの「後ろ手の使い方」に秘められている。「後ろ手の肘をヘソに近づける」動きを説明するのに、今まで私は「空手チョップをするように打て」と説明していた。しかし、その説明だとどうしても打つ時に後ろ手の肩も一緒に下がってしまい、それではバットのヘッドがスムースに出てこないばかりか、アッパースイングになったりもしてしまうので今は別の言い方にしている。

別の言い方とは、元プロ野球選手の中村紀洋さん（元近鉄バファローズ他）から教えてもらったものだが、「後ろ手でボールをつかむように打て」と教えると、肘もヘソ方向に自然と出てきて、肩も下がらずいい形のスイングができる。だから最近は「後ろ手でボールをつかむように打つ」という表現で選手たちに伝えるようにしている。

ちなみにこの動きを習得するには、ティーバッティングの要領で前からボールをトスしてもらい、それを後ろ手で実際にキャッチする練習をすれば感覚がつかみやすい。

あとはインパクトの瞬間に、後ろ手でグッと押し込む感覚を加えてやれば、リストターンもフォロースルーも自然といい形になっていく。

肝心なのは「トップの位置」であり、そこからインパクトの瞬間まで無駄なくバットを振り、うまく後ろ手を使うことである。

バッティングの基本　その❸
下半身の「割れ」も重要

バッティング指導の際によく使われる「割れ」という言葉は、トップの時のグリップの位置から、ステップをした前脚（ピッチャー側の脚）までの幅のことを意味している。

この「割れ」の幅が狭いとボールを見る時間も短くなり、見極めができずにボール球などにも手を出してしまうことになる。「割れ」の幅が広いほど体にためが生まれ、体を開くことなくしっかりとボールを捉えることができるのだ。

私が少年野球をしていた頃は「残せ、残せ」という指導法が主流で、これは「後ろ脚に体重（重心）を残せ」という意味だった。たしかに軸足に重心を置いておくことは大切なのだが、あまりにも後ろ脚に意識を置きすぎると、ステップした際に前脚に体重が乗らず、これでは強い打球が打てない。

バットを振った時に、前脚のつま先が地面から浮いているバッターは、重心が後ろに残りすぎだと思っていい。ティーバッティングをしている時、後ろ脚の接地面だけ土が掘れるのはよくない。前脚の接地面も土が掘れるようになれば、それはバランスよく体重移動ができているという証である。

みなさんはティーバッティングの際、両脚の下の土がバランスよく掘れているだろうか。ちょっとチェックしてみてほしい。

普段から木製バットを使用

本校ではバッティング練習時、使用するバットは基本的に「木製」である。これは

T－岡田のいた時代、今から17～18年ほど前から始めた練習方法だ。

木製バットを用いるようになったのには、大きく分けて次のふたつの理由がある。

①上のレベルを目指すため

②金属バットの力のおかげで打球が飛んでいたということを理解してもらうため

①に関してはみなさんもおわかりだと思うが、将来大学、社会人、プロと、いずれの世界に進んでいくにしろ、使うバットはすべて木製である。木製で打てるようにならないと上のレベルでは通用しない。

②については、中学時代までそこそこホームランなどの長打を打っていた選手であっても、それは決して自分の力だけではなく、金属バットの力が大きく関係していることを知ってもらいたいという意味だ。中学時代に強豪チームで4番を打っていた選手でも、木製に替えた途端、打球が飛ばなくなる。ひどい場合には、内野の頭すらも越えられないような選手も出てくる。

木製ではまったく飛ばないことを目の当たりにした選手は、自分自身のバッティング技術のなさ、力のなさを痛感する。それまで選手が抱いていたバッティングに関する勘違いを本人に知らせることで、私たち指導者もその後のバッティング指導がしやすくなるのだ。

昔はこの木製バットを部費で購入していたが、現在は各自で好きなバットを購入してもらうようにしている。自分で買ったバットのほうが愛着もわくし、「道具を大事にする」ことも覚えられる。

1年生の時から、バッティング練習すべてのメニューを木製バットにしろというのは無理があるので、1年生は徐々に慣れてもらうようにしている。

たとえば、先述したようにフリーバッティングでは速いストレートと遅いストレートの2種類があるが、速いほうは金属で打ち、遅いほうは木製で打つ、といった具合である。また、基本的に人間が投げる場合（シートバッティングなど）はすべて木製バットにしている。

木製バットを使うと、選手は主に次の2点を理解する。

①芯で打たなければボールは飛ばない

②しっかり振り切らないとボールは飛ばない

要するに、金属バットだと芯で打たなくても、あるいはしっかり振り切らなくても、ある程度打球を飛ばすことができる。しかし、木製は金属のように自らの技術のなさをカバーしてくれない。今ここで挙げた2点の技術をまず習得しなければ、いい当たりの打球は打てないのだ。

木製でいい当たりを打てるようになった選手が金属を使うと、それまで以上に打球が飛ぶようになる。正しい技術に金属バットの力が加わるのだから飛ぶようになって当然なのだが、選手たちはそれがうれしくてさらに木製で練習するようになる。木製バットを使うのは、ここまでご説明してきたようにさまざまな利点がある。

卒業し、上のレベルに進んでいった選手たちは、みな「監督、高校時代に木を使っておいて本当によかったです」と言ってくれる。このようなことをOB選手から言ってもらえるのは、指導者としてうれしい限りである。

手で投げるティーバッティングは廃止

2018年に星槎道都大野球部の監督に就任した二宮至氏は、前DeNA監督の中畑清氏などと並んで「駒澤大・三羽ガラス」と呼ばれ、その後中畑氏と一緒に読売ジャイアンツで活躍した元プロ野球選手である。

二宮監督はプロ引退後、中日ドラゴンズや横浜ＤｅＮＡベイスターズでコーチを歴任した名指導者で、先日縁あって二宮監督とお話しする機会を得た。

その時、ティーバッティングの話になったのだが、二宮監督は「斜め横から投げる通常のティーバッティングは百害あって一利なしです」とおっしゃった。

二宮監督の考えでは、一番いいバッティング練習は「素振り」であるという。フルスイングを続けることで「どうやって振ったら一番ヘッドが走るか」「効率よく体のパワーをバットに伝えられるか」がわかるからだとのことだった。

二番目にいいのが「置きティー」で、斜め横から手でボールをトスする一般的なティーバッティングは、選手にとって何ひとついいことはないと教えてくれた。

そもそも、野球において「バッターの斜め横からボールが投じられる」ということがあり得ない。さらにティーバッティングでは「自分の得意とするゾーン」ばかりを打つことになり、バッティングの技術を磨くことができないとのことだった。

二宮監督は、どうせティーバッティングをするなら、追い込まれた時のボール球

（高目や低目）を打つ練習をすればいいともおっしゃっていた。

山田哲人は、ヤクルトで7種類のティーバッティングを毎日行い、その実力を開花させた。あれは山田にプロの技術と、杉村繁コーチの考えた明確な目的があったから有効となった練習方法であって、中高生が選手同士であのティーバッティングをそのままマネしたとしても、同じような効果が得られるとは思えない。

二宮監督のお話を伺って以来、履正社では「斜め横からトスするティーバッティング」はやめて、その代わりに「置きティー」による練習方法に切り替えた。

置きティーによる効果が、すぐに選手たちに表れるとは考えていない。しかし、長い目で見れば、この練習方法が正解だったと思える日がきっとくる。私はそれを確信している。

履正社の平日の練習時間は3時間と短い。その限られた時間を有効に使うため、本校ならではの「ノック」が何種類かある。そういったノックに関することや、機動力を発揮するための走塁練習に関してお話ししたい。

限られた時間を有効に使うための「マシンガンノック」

平日の練習時間が3時間という話は、本書の中ですでに何度もご説明したが、アップ、キャッチボールをした後に最初に行う練習メニューがノックである。

ノックは内外野に分かれて行い、内野をいつも私が担当し、外野はコーチが1〜2

カ所から打つパターンである。

内野ノックは、すべてのポジション（ピッチャー含む）に各3〜4名の選手を付け、1秒に1打とは言わないが平均して1・5秒に1打（最低でも2秒に1打）くらいの割合で矢継ぎ早に連発して打つ。しかも、サードから時計回りに順番に打っていくのではなく、ランダムに打つ。

初めてうちのノックを見た人は「マシンガンみたいなノックですね」と一様に驚きの声を上げる。さらに、それだけ激しく打っていても選手やボールが交錯しないので「ランダムに打っているように見えて、実は何か法則があるのですか？」と聞かれたりすることもある。

手前味噌な話で恐縮だが、選手たちが交錯しないのは、長年の私の経験があるからだ。ひとつのポジション、あるいはひとりの選手にノックが集中しないように、あるいは同じ方向ばかりの打球にならないように、細心の注意と気をつかいながらノックを打っている。

ほぼ間隔なくランダムに打つため、選手たちはいつ自分のところに飛んでくるかわからないので、一瞬たりとも気が抜けない。

ノックでこのようなやり方を私が用いるのは、すべての練習をできる限り実戦的にしたいからである。「気の抜けない緊迫感」こそが実戦に向けて必要なものであり、選手たちはその緊迫感に慣れておかなければならない。

最低でも2秒に1打を打っているわけだから、1分で30打。だいたいこのノックを10分程度続けるため、それだけで私は300発以上を打っていることになる。また、このノックの最中に打つのを中断することはほとんどない。緊迫感を保つためにも、私は延々とノックを打ち続ける。だからこのノックをすると、あまり暑くない日であっても私は汗だくになってしまう。

このランダムなノックは2パターン行っており、ピッチャーが投げるふりだけするのと、実際にボールを投げるパターンの2種類である。

ピッチャーが投げる時は、ランナー一塁あるいは一・二塁、一・三塁、満塁などの想定で選手たちは送球を繰り返す。休日などの時間がある時は、実際にランナーを付けて行う場合もある。

やさしいゴロが選手の守備力をアップさせる

外野ノックを2カ所で行うのは、これも限られた時間を有効に使うためである。1カ所からしか打てない時でも、外野手を二手に分け、ノッカーはその真ん中あたりに打つようにしている。こうすることでノックをふたり1組で受けることができ、なおかつ試合中のようにどちらか捕るほうが「オーライ」と声をかけ、捕らないほうはカバーに回るという実戦的な練習にもなる。

本校で行われている練習は、すべてがこのように効率最優先で考えられている。それらはすべて「選手一人ひとりに、できる限りボールに触れてもらいたい」という思いがあるからだ。

ちなみに、私は難しいノックはあまり打たない。選手の守備力を上げる方法、それは「捕りやすいゴロを基本に忠実に捕る」ことを繰り返していくことに尽きる。だから野手を左右に振ったとしても、絶対に届かないようなところには打たず、シングル、逆シングルどちらで捕るにしろ、基本的な動きができる範囲に打つようにしている。いずれにせよ、ノッカーが上手でないと選手の守備は上達しない。だから私もノックには人一倍気合を入れて臨んでいるし、ノックバットにもこだわっている。

私は金属のノックバットは使わない。一般的なノックバットは「少ない力で遠くに飛ばせるように」と細く、長くつくられている。このタイプのバットだと、正確さを求める私にはちょっと長すぎる。そこで私はメーカーにオーダーして、通常のものよりも短いノックバットを使っている。このほうが操作性に優れ、なおかつ木製のため手にもしっくり馴染むからである。

私がノックの技術を覚えたのは、最初に赴任した桜宮時代のことだ。この時はノックをできる人間が私だけだったため、とにかく毎日必死に打ちまくった。若かったからあれだけできたのだと思うが、打ちすぎたために握力がなくなり、帰宅してから手を洗おうとしたら手が開かない時もあった。しかし、若かった頃の下積みがあるからこそ、60歳手前となった今でも、選手たちに毎日何百本もノックを打ち続けていられるのだと思う。

守備に大切なのは「基本」と「声がけ」

「全体ノックは〝合わせの場〟である」ことは先述した通りだが、そのためには野手の基本的な動きを体に染み込ませておく必要がある。

基本的な動きを覚えるには、何度も何度も反復練習をして、体に染み込ませるほか方法はない。

本校には野球部専用グラウンドのすぐそばにテニスコートがあり、幸いなことにこも普段私たちが使用できる。テニスコートなので広くはないが、野手が基本的な動きを覚えるには十分なスペースである。

テニスコートを使った野手の基本練習では、硬球ではなく硬式のテニスボールを使って練習を行う。

これは社会人野球の練習から学んだ方法で、硬式テニスボールを用いることで、よりしなやかなグラブの使い方を覚えることができるのだ。ボールを吸い込むように、柔らかくグラブを使わないと、弾力性に富んだテニスボールはグラブからこぼれ出てしまう。だから、正しいグラブの使い方を覚えるためにも、テニスボールを使った練習は有効なのだ。

基本姿勢で捕球し、ステップを踏んで送球する。この基本的な動きを習得する練習もテニスコートで行う。手で転がしたゴロを正しい姿勢で捕球し、送球するというだけの地味な練習だが、この練習はプロ野球選手もキャンプなどで繰り返し行っている。高校生だからこそ、こういった基本を徹底して覚える必要があるのだ。

また、グラウンドで実際にノックをする際、私が選手たちに求めているのは「声出し」である。

私の求める声出しは、よくある「さあ行こうぜ」とか「バッチコイ」といった類いの声出しではなく、周囲に「俺が捕る」とアピールしたり、「ホーム」「ファースト」などと投げる方向を相手に指示したりする声である。

矢継ぎ早に打球が飛んでくる本校のノックでは、選手同士の声がけがないとケガにつながる。選手自身の安全を確保するためにも「声出し」は必要だし、試合では選手間の声がけや指示は欠かせないものだ。実戦で瞬間的に声を出せるようになるには、普段の練習の中で意識せずとも声が出るようにしなければならないのだ。

キャッチャーというポジションの重要性

扇型のグラウンドの要に位置するキャッチャーは、「守備の要」とも表現される重要なポジションである。

キャッチャーは、ピッチャーを含めた守備8人すべてを見渡すことができる。だからこそ、キャッチャーは広い視野を持ち、いろんなことに気づけなければならない。このキャッチャーの「質」こそが、チームの強さの差となって表れるといっても過言ではない。

だから、私はチームの中で誰よりもキャッチャーに話しかけ、気の利かないキャッチャーは叱る。ノックの時、私の一番近くにいるのはキャッチャーである。だから私は、ノックの最中にキャッチャーが気づいていなければ、その都度「ライトがカバー入ってへんぞ」「ショート、指示の声を出してないやないか」などとキャッチャーに伝える。

キャッチャーには捕球技術やピッチングの組み立てなど、いろんな能力が求められる。人間性もいいに越したことはない。さらに私がキャッチャーを選ぶ上で重要視しているのが、先ほどから言っている「気づく力」である。

吸収力のあるキャッチャーは、私の助言によっていろんなことに気づけるようになり、その結果、私の意図するところを汲み「監督はこうしたいんだな」「監督はみんなにこういうことを言いたいんだな」と、先を読んで選手たちに指示を出すようになる。このようなキャッチャーがいる代は、間違いなく強い。明治大から阪神タイガースへと進んだ坂本誠志郎がまさにこのタイプだった。彼は1年生の秋からレギュラーとなり、2年夏、3年春と2季連続で甲子園に出場した。

いいキャッチャーは高い洞察力と深い思考力を持っており、ピッチャーの力を引き出すのもうまい。

たとえば、相手バッターにヒットを打たれた時、「自分が要求したところに投げてこないピッチャーが悪い」と考え、そこで思考を停止してしまう選手はキャッチャーに向いていない。いいキャッチャーは「自分の構えたコースが悪かったのだろうか」「要求した球種が間違っていたんじゃないか」などと原因は自分にあると考え、「だったら次はこうしてみよう」と対策を練る。このように考えることができるキャッチャーが力をどんどん伸ばし、結果としてチームも強くしてくれるのである。

走塁技術は実戦的な練習でこそ磨かれる

走塁に関しては、うちは常に実戦を意識しているため「走塁練習」という枠は設けず、シートノックやシートバッティングの際に実際にランナーを付け、そこで「盗塁」や「打球を見極めて次の塁を狙う」という技術を高めるようにしている。

盗塁に関しては先述したように、足の速い、遅いに関係なく、すべての選手が相手のクセや配球を読んだり、隙を突いたりしながら、次の塁を狙う意識を持つように教えている。

走塁で大切なのは「根拠」である。盗塁ならば「根拠のあるスタート」が必要だし、タイムリーヒットでホームを狙う場合でも、そこには「セーフになる」という根拠が必要となる。そして根拠のあるスタートをしたのであれば、仮にその試みがアウトになったとしても私は一切怒らない。むしろ、セーフになったとしても、そこに根拠がなければ怒る時もある。それもこれも、ランナー自身の判断でどんどん走ってほしいからそのようにしているのだ。

他の学校はどうか知らないが、うちでは毎日シートバッティング（ケースバッティング含む）を行っている。そしてその中でバッターは打つ方向を考え、ランナーは次の塁をどうやって狙うかを考える。

走攻守のすべてを、履正社では実戦練習の中で学ぶようにしている。バッティングはもちろんだが、守備も走塁もレベルアップしていくためには、その都度状況に応じて自分自身が判断を下せるようにならなければいけない。試合では、次にどんなことが起こるか誰にもわからない。そのような状況に対応するためには、決まり切った練習ではなく、実戦的な練習を積んでいかなければならないのである。

ピッチング編

守備に重点を置く履正社の野球の根幹をなしているのが「ピッチャー」である。近年は専属のコーチを置いて育成を任せているが、もちろん私もピッチャーへの指導は毎日行っている。私の考える理想のピッチャー像、さらに本校のピッチャーの練習内容などを具体的にご紹介したい。

ピッチングの基本を疎かにしてはならない

近年、野球部に入ってきた1年生ピッチャーを見ていると、プレートを真っ直ぐに踏んでいない選手がとても多い。

本来は白いプレートに対し、足は平行に、真っ直ぐ置かなければならないのだが、つま先のほうだけプレートにくっ付いていて踵の部分が離れていたり、あるいはその逆でつま先のほうだけ離れていたりする選手が多いのだ。

たとえば自分の足のサイズが28センチだとするならば、キャッチャー方向に踏み込む足もその28センチの幅の中に真っ直ぐ踏み込んでいかなければならない。これが正しいピッチングフォームにつながっていく。

だが、プレートを真っ直ぐ平行に踏んでいないピッチャーは、踏み込む足もインステップしたり、アウトステップしたりしているため、いくら練習してもボールのキレ、制球力ともによくはならない。

プレートの踏み方は、ピッチャーの基本の「き」ともいえる大事な要素である。これをないがしろにしてしまっているピッチャーがとても多いので、新入生に対してはそういった基本中の基本から教えるようにしている。

140キロ中盤以上の速球を投げる本格派のピッチャーにしろ、変化球主体の軟投派のピッチャーにしろ、私はそのピッチャーの個性や持ち味を大事にしてあげたいと思って接している。だから無理に「もっとストレートを速くしろ」と急かすこともないし、「この変化球を投げろ」と押し付けるようなこともしない。

ただ、私の考える理想のピッチャーとして、本格派、軟投派どちらにせよ、ピッチングの組み立ての中に「緩急」を入れるのは必須というのがある。だからピッチャーには「ストレートともうひとつ、緩急をつけられる球種を覚えなさい」と伝えている。

また、全国を目指すようなピッチャーになりたいのであれば、「カウントを取れるボールを2種類以上持つようにしなさい」とも伝えている。

たとえば、素晴らしいキレのスライダーを持っていたとしても「そのほとんどがボール」では、宝の持ち腐れで意味はない。

ストレートを含めて最低2種類は「いつでもストライクが取れる」というボールがないと、地方予選で上位に進出することは難しい。また甲子園に出場し、さらに勝ち上がっていこうと思ったら、いつでもストライクを取れるボールが3種類は必要である。読売ジャイアンツの菅野智之投手のように、「どの球種でもストライクが取れます」というのが理想のピッチャー像だといえよう。

ピッチャーの練習は本人に考えさせる

投手陣の1週間の練習メニューの組み立てに関しては、百武克樹ピッチングコーチ（元パナソニック）と選手本人に基本的には任せている。

決まりごととしてあるのは、週に2日はノースロー日（ピッチングをしない）を設けるということぐらい。その他の練習スケジュールに関しては、シーズン中であれば週末の試合（練習試合や公式戦）に合わせて各自で調整し、シーズンオフであれば各自が立てた目標に向けてトレーニングを積む。いずれにせよ「自分で考えて練習する」というスタンスは野手だけでなく、ピッチャーも一緒である。

ピッチング練習に関しても、「何球投げなさい」という指示は私もコーチも出さない。その代わり「何球投げたか」だけは報告させ、球数が多すぎたり、あるいは少なすぎたりする場合に限って指示を出すようにしている。

筋トレやダッシュなどの下半身トレーニングに関しても、「最低限これだけはやりなさい」というメニューを一応コーチやトレーナーが提示するが、それ以上やるのもやらないのも選手次第。指導者側から強制するようなことは一切していない。

先ほど変化球に関して少し触れたが、ピッチャーが「新しい変化球を覚えたい」と言ってきた場合は、キャッチボールをしながらまずは遊び感覚でいろんな球種を投げ、その中から自分に合った変化球を選ばせるようにしている。

新しい球種を覚えようと思った時、キャッチャーを座らせたピッチング練習の中で身に付けていくのは実はとても難しい。キャッチボール中、相手に「今の曲がり（落ち方）どうだった？」などと聞きながら変化球を覚えていくのが一番いいと思う。

私自身、いろんな野球雑誌や書籍を読み、変化球に関する気になった記事などがあったら、それをコピーして投手陣に配ったりもしている。

スライダーやカーブなど球種はいろいろあるが、同じ球種であってもピッチャーによって投げ方、握り方は微妙に異なる。だから私も「スライダーの投げ方はこれ」と決め付けたような教え方はせず「こういう投げ方もあるみたいやで」といろんな情報を提示し、自分に合ったものを選手に選択してもらうようにしている。

近年、どの学校も選手の心身の健康管理と筋力、体力を促進するための食育に力を入れている。本校もその点においては専属のトレーナーを置いたり、あるいは管理栄養士の方にご協力いただいたりして各ご家庭の食事を指導してもらうなど、選手たちの健全な発育を促すための取り組みをいろいろとしている。ここでその主だったものをご紹介したい。

管理栄養士を招き、食育にも力を入れる

現在、野球部では管理栄養士の方にご協力いただき、選手とその保護者に対して食

事に関する助言や栄養に関する講習を行ったりしている。

毎年ゴールデンウィーク中に、1年生選手とその保護者を対象に栄養講習を行っており、そこでは食事と健康、発育に関する基本的な話から、どんな食事が高校生の成長、発育に求められているのかなどを細かく説明してもらっている。

講習の中では、「朝ご飯をしっかり食べましょう」「お米を食べましょう」といった基本的な事柄から、「かつての先輩たちはこのような食事をとることで体が成長しました」とか、「各ご家庭ではこのような取り組みをしていました」といった具体例も交え、選手と保護者のみなさんに、食育の大切さをしっかりと理解してもらえるような内容にすべく努めている。

また、この管理栄養士さんは年に二度ほど各選手の食事調査をし、その結果をもとに「こういう栄養が足りていませんよ」「こんな食事をしてください」といった報告書を作成してくれている。

この調査では、各選手に調査用紙を配布してから3日間の食事内容をすべて記入してもらう。管理栄養士さんは、その情報をもとに摂取カロリーや栄養バランスなどを分析し、足りていない栄養はないか、あるいは過剰に摂りすぎているものはないかなどを調べてくれるのだ。選手の親御さんたちもその報告書のアドバイスに従って、食生活を考えてくれている。

管理栄養士さんに来てもらうようになってから、明らかに選手たちの発育はよくなり、さらに選手たちのケガも減った。グラウンドを見れば、入部したての1年生と2〜3年生はすぐに見分けがつくくらい体格が違う。トレーニングの効果もあるが、食育がいかに大切か、それを最近改めて実感している。

ちなみに、プロテインなどのサプリメントの摂取に関しては、基本的に各自に任せている。ただ、どんなものがいいのか、どうやって摂取していくのがいいのか、そういった具体的なことはトレーナーなどが随時、選手たちに個別に説明している。

入学前に身体検査、その後も体力測定はこまめに

本校野球部では、入学前の新入部員に身体検査を受けてもらうようにしている。私

たちが指定した病院に行ってもらい、そこで体のサイズやレントゲン、さらに触診や柔軟度検査を受けてもらうのである。

そうすると、体の各部位に異状がないかどうかだけでなく、肩関節の柔軟性や筋力、痛みの有無などの他、肩、肘の可動域などもわかる。

私たち指導陣はその結果報告をもとに、各選手をどのように育成していくか、どのようなメニューで鍛えていくか、大まかな方向性を割り出す。この入学前の検査は、選手たちの育成、ケガの予防などの面で大いに役立っている。

また入学後も、年に2回ほどメーカーさんのご協力によって、定期的に身体・体力測定を行っている。この測定では体のサイズ、筋肉量などの他、走るスピード、スイングスピード、投球スピード、遠投力、さらに投球の回転数なども調べるため、選手たちにとっては自分の成長が手にとるようにわかり、トレーニングする上での大きなモチベーションになっているようだ。

また、体重とともに筋肉量と体脂肪量もしっかりと割り出すため、筋肉が増えているかどうかも数字でわかる。さらに腕や脚など部位別の筋肉量も測定されるため、自分の体のどこの筋肉が足りないかなども一目瞭然なのだ。

毎日、ただ漠然とトレーニングをするのではなく、きちんと目標を立てて、そこに向けて努力を続けることが大切だと思う。こういった身体・体力測定を、半年に一度くらいのペースで行うことは選手の励みにもなるし「自分は今後、どういう努力（トレーニング）をしたらいいのか」も理解できる。この測定は野球部にとっていいことづくめなので、今後も定期的に続けていきたいと考えている。

トレーニングメニューに関して

筋力トレーニングに関しては、3名いるトレーナーに各選手の育成法やメニューづくりをお願いしている。また、野手とピッチャーでもメニューは異なるし、野手でも1年生だけは別のメニューを組み、最初は体にあまり負担がかからないよう気をつけて指導している。

トレーニングは主にストレッチ、体幹トレーニングとチューブ、バランスボール、鉄アレイ、バーベルといった器具を使った筋力トレーニングを行っている。そのメニューを一部ご紹介したい。

〈野手〉

・スクワット

・ジャンピングスクワット

・デッドリフト
床に置いたバーベルを、膝と背筋を使って持ち上げる。

・ラットプルダウン
マシンを使って、懸垂するように腕と肩回りの筋肉を鍛える。

・プルオーバーバー
ベンチに仰向け。肘を上に伸ばした状態でバーベルを持ち、そのまま万歳の体勢まで下げていき、上げ下げを繰り返す。

・ダンベルフライ
ベンチに仰向け。両手に握ったダンベルを腕を広げながら持ち上げる。

〈投手〉

・コンプレフロス
コンプレフロスを腕に巻き、自動運動と他動運動を行う（※コンプレフロスとは、ドイツで著名なスポーツ理学療法士SvenKruseとSanctbandとの共同研究によって、彼らの提唱する「Easy Flossing」のコンセプトを基に開発されたゴムバンドのこと）

・ストレッチ
肩甲骨、体幹、股関節のストレッチ。

・スタビライゼーション
体幹トレーニング。40秒×4セット。

・クランチ
腹筋トレーニング。20回×2セット。

・インナーマッスル
肩のトレーニング。チューブか鉄アレイを使い20回×3セット。

・トゥタッチクロス
股関節と体幹のトレーニング。20回×3セット。

・ピッチャーランジ
股関節と体幹のトレーニング。傾斜でウォーターバッグを持って行う。6回×3セット。

・バランスボール
頭から足まで真っ直ぐにする。8回×2セット。

主だったトレーニングメニューは、このような感じである。

また、シーズンオフの冬場は、２０１７年度シーズンまではウエイトトレーニングを2日に1回行っていたが、２０１８年度シーズンより毎日行うことにした。

ただ、本校では、冬でもノックやバッティング練習のメニュー構成はあまり変わらない。だから冬はウエイトトレーニングを増やす分、基本技術練習の量をやや減らして対応している。

スポーツをする上で大切なのは「心技体」をそれぞれ高めていくことであるが、私は中でも「心」の部分がとても重要だと考えている。試合中、緊張感あふれる雰囲気の中で平常心を保つには、普段の練習、そして日常生活から自分を律して正しつつ、感情的にも浮き沈みが激しくならないように気をつけていかなければならない。

私は普段から選手たちにメンタル面でどのような指導をしているのか。それをご説明したい。

素直な心で人の話を聞こう

私がいつも選手たちに言っているのは「素直な気持ちで人の話を聞き、そしてその後は自分で考えて野球（と日々の生活）をしていこう」ということである。

自分には何が足りず、何をしていかなければならないのか。それを知るには自己分析が必要で、他の人は自分をどう見ているのかを知る必要もある。

自分のまわりにいる人たちの意見に耳を傾け、それを理解し、自分を改善、向上させていく。つまり、自分を伸ばすには「人の意見をちゃんと聞ける素直な心」がもっとも求められるのだ。

「聞く耳を持つ」ということは、野球部の活動中だけではなく、普段の生活から続けていかなければ身に付かない。朝礼では校長先生の話を聞く。授業中は先生の話を聞く。そういった普段の生活から、自分を正していくことが大切なのだと思う。

私は選手たちに伝えたいことがあれば、練習中に個別に話したり、ミーティングでみんなに話したり、その都度状況を見てアプローチ方法を変えている。

また、選手たちと心の交流を図る中で重宝しているのが「野球ノート」である。

野球ノートは各選手が持っており、1週間に一度、私に提出することになっている。

選手たちは野球ノートに野球に関することだけでなく、人間関係や進路に関することなどいろんなことを書いてくる。私はそのすべてに赤ペンで私なりの助言や意見を書き込み、選手たちに返すようにしている。

この野球ノートは、私が監督になった当初からずっと続けていることである。選手たちは私に面と向かっては言いにくいことでも、野球ノートには素直に書いたりしてくれることもある。野球ノートによって私も選手たちのことが理解できるし、選手たちも私を理解してくれる。そういった意味でも、野球ノートは野球部に欠かせない大切なツールなのだ。

正しい努力ができるようになるには

私はいつも選手たちに「正しい努力ができるようになりなさい」と話している。間違った努力をいくら続けたとしても、その努力が実を結ぶことはない。そして、自分のしている努力が正しいのか、間違っているのか、それを判断する上でも、前項で述べた「聞く耳を持つ」ことはとても大切である。

選手たちの中には、「結果は出せなかったけど自分はがんばった、一生懸命やった」とそれだけで満足してしまっている者もいる。だが、将来社会に出れば、一生懸命やったかどうかなどは一切評価されない。企業に就職しようが、プロ野球選手になろうが、そこで求められるのは結果であり、いくら「一生懸命がんばりました！」とアピールしても評価されることはない。

だからこそ、私は選手たちに「今しているのは正しい努力なのか？」と常に自問自答してほしいと思っているのだ。

自分自身でわからないのなら、私やコーチ、あるいはトレーナーに聞けばいいし、いつも一緒にいるチームメイトに聞いたっていい。自分を客観的に見てくれている第三者の意見ほど貴重なものはない。

また、今の時代はスマホ1台あればたいていのことは瞬時に調べられる。トレーニングの仕方ひとつとっても、ネットで検索すればいろんな動画が表示される。自分を向上させたいのであれば、スマホという便利な道具を使い、独自にいろんなことを研究していけばいいのだ。

自分の中に向上心がある限り、人は上を目指し続けることができる。

「もっと遠くに飛ばしたい」

「もっと速い球を投げたい」

「もっとうまくなりたい」

その思いがあれば、あなたの努力はきっと実を結ぶはずである。

選手を戸惑わせるような采配はしない

基本的に私は、選手たちに普段させていないことを、試合でやらせるようなことはしない。たとえば長距離砲タイプに育てたい4番バッターに「バットを短く持ち、ミートしていけ」というような指示は絶対に出さない。

T－岡田は1年夏からレギュラーだったが、彼が在籍した3年間、バントのサインを出したことは一度もなかった。安田もスケールの大きな選手に育ってほしかったので、「短く持ってミートしていけ」というような指示を出したことはない。

普段からしていないことを試合でやらせたら、当然のことながら選手は戸惑うだろう。それがクリーンアップを務める主軸やエースピッチャーだった場合、その動揺がチーム全体に伝わりやすく、そのような不安定な状態ではチーム本来の力を出し切ることもなかなか難しい。

私が30年以上監督を続けてきた中で培ってきた「履正社の野球」というものは、時代の変遷とともに少しずつ変化はしている。しかし、私の采配のベースになっている「選手たちを戸惑わせるようなことはしない」という考え方は、終始一貫して変わっていない。

いつもは打たせている局面でバントのサインを出したり、あるいはスクイズを一度もやらせたことのない選手に突然スクイズのサインを出したりしたら、選手たちは当然戸惑うだろうし、そのような作戦が成功するとも思えない。

普段から選手たちとのコミュニケーションを密にし、ゲーム中、あるいはゲーム後のミーティングなどで私の意図するところを選手たちに伝えていれば、3年生になった頃には選手たちは「監督は、次はこのサインでくるだろうな」とだいたい予測できるようになる。そして私の意図を汲み、次の動きや作戦を予測できる選手が多かった代は、やはりチームも強かった。

チームカラーは毎年異なるが、「私の意図するところ」を理解してくれる選手をひとりでも多くつくる。これも指導者として私の重要な仕事だと考えている。

第5章

新時代〝令和〟を履正社はどう切り拓いていくのか

好きこそものの上手なれ
――楽しければ勝手にうまくなる

昔、私が若かった頃「テトリス」というテレビゲームがとても流行った。いろんな形をしたブロックを積み重ねては消していく、あれである。

一時期私はあのテトリスにハマり、一日中ゲームをしていた時があった。あまりにやりすぎたため、周囲にある四角いものがすべてテトリスに見えてくるほどだった。それだけやりこめば当然だが、テトリスの勝負で負けたことは一度もなかった。

私がテトリスの腕前を上達させたのは、「うまくなろう」と努力したからではない。楽しくて楽しくてしょうがなく、寝る間も惜しんで続けていたらいつの間にかうまくなっていた。それだけのことである。

「好きこそものの上手なれ」ということわざがある。私がテトリスで上達したのはまさにこれで、この言葉の意味するところは野球に限らず、すべての物事を上達させるために欠かせない要素のような気がする。

打球が遠くに飛ぶようになってくれば「もっと遠くに飛ばしたい」と練習するようになるし、柵越えを打てるようになればさらにバッティングが楽しくなるだろう。

ピッチャーなら投げるボールが速くなったり、変化球の曲がり方、落ち方が大きくなったりして三振が取れるようになれば、それだけで投げるのが楽しくなるはずだ。

野手もそれまで捕れなかった打球が捕れるようになれば、「もっと守備範囲を広げたい」「もっと捕球技術を磨きたい」と思うはずである。

面白いから上達し、上達するからさらに面白くなる。そういった好循環を生み出すのが自分を向上させる秘訣であり、私たち指導者は選手たちがそういった好循環の中にいられるような環境づくり、雰囲気づくりをしてあげればいいのだ。

かつてのスポ根マンガ『巨人の星』の主人公・星飛雄馬のように苦しみながら努力するのと、ゲームをする感覚で楽しみながら練習を続けるのとでは、上達のスピードがまったく違ってくると思う。もちろん、上達のスピードが早いのは「楽しみながら」やるほうである。

好きでやっている野球なのだから、楽しんでやればいい。でもそれは「みんなでワイワイ楽しくやる」というのとは違う。野球が好きでたまらない。誰よりもうまくなりたい。そんな思いで続ける自分のための練習は辛いだろうか？　苦しいだろうか？　いや、きっと楽しくてやっている練習は「努力」とすら感じないはずである。

そのように考えると、私が高校生だった頃の時代は、私を含む世の中のほとんどの球児が苦しみながら「努力」をしていた。令和という新時代を迎えた今、昭和の時代にあったような古く間違った指導法や教え方は、私たち昭和の人間が率先して断ち切っていかなければならないと思う。

うわべだけ取りつくろっても野球はうまくならない
――グラウンドより日常こそが大事

練習試合、あるいは大会などで各チームの荷物の並べ方を見ると、どのチームもきれいにバッグなどが並べられ、整理整頓されている。

しかし、私はうちの選手たちに「それだけでは意味がないんだよ」といつも話している。肝心なのはそのバッグを開けた時に、中身もきちんと整理整頓されているかどうかなのだ。

人間も同じである。外見ばかり取りつくろったところで、中身がだらしなかったらどうしようもない。

だから普段からバッグの中身を整理整頓し、脱いだものは畳み、脱いだ靴はきちんと揃える。そういった「誰も見ていないようなところ」から整えていくことが、自分の心も整えることになるのだと思う。

私は常日頃からそういったことを選手たちに言い続けているが、それでも整理整頓できない選手や忘れ物をする選手などが後を絶たない。

練習後、グラウンド脇のバッグを置く棚を見ると、たいてい忘れ物がひとつふたつある。いつまで経っても直らないので、最近は保護者のみなさんに「忘れ物があったら捨てますよ」と伝えている（もちろん、本当に捨てはしないのだが）。

今の高校球児は、小学校、中学校と野球を続けてくる中で、身の回りのことほとんどをお父さん、お母さんにしてもらってきている。練習場所に忘れ物があれば、誰かのお母さんが「この忘れ物、誰の？」と教えてくれるし、グラウンド整備はお父さんたちがしてくれる。そんな環境でずっと育ってきたため、身の回りのことを自分自身でしっかり管理するという習慣がない。

自分の管理もできない者が、レギュラーになれるだろうか？　自分の管理ができない者は、自分の健康管理だってできるわけがない。私は選手たちに、そういった話をミーティングの時にいつもしている。

自分のことは自分でする。それは「最低限」のことであって、いい選手になるためにはさらにその次の段階へとステップアップしていかなければならない。

普段から自分のことだけでなく、みんなの荷物や靴を揃えたり、ゴミがあったら拾ったり、いつもと様子の違うチームメイトがいたら声をかけてあげたりと、そういったことのできる選手が心技体、すべての面で伸びていく。野球がうまくなりたいのなら、まずはそういった日常生活の姿勢から改めなければならないのだ。

優勝よりうれしかった選手の〝行い〟

普段の生活から身の回りを整え、その範囲を徐々に広げていくことで、いろんなことに気づける人間になる。それが選手一人ひとりの技術を伸ばし、チームの強化にもつながることはここまでご説明してきた通りである。

もちろん、一度言ったからといってすぐによくなる選手は稀で、私が言い続けることで少しずつよくなっていくタイプがほとんどである。だから私は、これからも同じことを選手たちに言い続けるしかない。

そう考えると、私たち指導者は「焼け石に水」的なことを、毎日繰り返しているといえるかもしれない。だが、時には「言い続けてよかったな」と思わせてくれることが起こったりもする。先日もこんなことがあった。

それは、学校の生活指導部にかかってきた一本の電話だった。電話をかけてきたのはあるご婦人で、阪急電車の駅で見かけた履正社の生徒に感動したので受話器を手にしたのだという。

そのご婦人がおっしゃるには、駅にゴミが落ちていたのだが、構内を行き交う人たちはみな見て見ぬふりをして通り過ぎていく。自分が拾おうかなと思ったその瞬間、履正社の大きなバッグを担いだ生徒がそのゴミをさり気なく拾い、近くのゴミ箱に捨てたのだそうだ。ご婦人は最近、そのような高校生を見たことがないので、感動のあまり履正社に電話してきたとのことだった。

バッグには名前が書かれてあり、ご婦人はその名前も覚えていらっしゃった。バッグの特徴を聞くとそれは野球部のもので、聞いた名前もたしかに野球部に在籍している選手だった。私がその選手に確認してみると、その駅でゴミを拾ったという。

こういった話は、チームが優勝するよりうれしく感じる。私たち大人が見ている前だけで、「やっています」という姿勢をアピールする若者は世の中にたくさんいる。しかし、そんな裏表のある生き方をせず、グラウンドだろうが、学校だろうが、街中だろうが、場所は関係なく同じことを淡々と続ける。そういった選手が野球部にもいるということが、私にはたまらなくうれしかった。だから全体のミーティングでも選手全員にこの話をし、ゴミを拾った選手をみんなの前でほめた。

この選手はそれまで、ベンチ入りできるか、できないかの当落線上にあったのだが、2019年のセンバツ前にベンチ入りを果たした。彼は選手間投票でもチームメイトから高い評価を受けていた。私だけでなく、選手たちもちゃんと見るところは見ているのである。

オンリーワンを持っている選手は強い

走攻守、それぞれに優れ、バランスの取れている選手はチームの中で貴重な戦力である。だが、そういった選手の他にも「これだけは誰にも負けない」というオンリーワンを持った選手も、私はベンチに必要だと考えている。

たとえば「足がめっぽう速い」というのもオンリーワンとなるし、「守備がとてもうまい」というのもオンリーワンになるだろう。

場合によっては「コーチャーとしての指示が誰よりもうまい」とか「ベンチを誰よりも盛り上げてくれる」という選手だっていい。試合中に逆転され、ベンチが意気消沈している時に元気な声を張り上げてチームメイトを鼓舞し、盛り上げてくれる。そんな選手がいたとしたら、私はとてつもない戦力になると思う。

とにかく「これだけは誰にも負けない」というスペシャリストは、ベンチ内に絶対に必要である。

プロの世界でも、元読売ジャイアンツの鈴木尚広選手のように「代走のスペシャリスト」として長く活躍した選手もいる。どんな形であれ、チームに誰よりも貢献してくれる選手がベンチには必要なのだ。また、高校時代に磨いたそのオンリーワンは、その後の人生でも何らかの形できっと役に立つ。だから私は、選手たちにオンリーワンを目指せと言い続けているのだ。

第2章でご紹介したように、うちの野球部では大会前に「選手間投票」をすることがあり、その時に今話したような「スペシャリスト」が入ってくることはよくある。また、センバツの「21世紀枠」のように「この選手は絶対にベンチ入りすべき」という人を書き込む枠も設けており、そこにある一定数（全選手の80％）の票が集まった選手がいれば、実力を問わずベンチ入りしてもらおうと思っている。しかしながら、未だ〝21世紀枠〟で選出された選手は出てきていない（すでにレギュラーとして、メンバー入りしてしまっている場合が多いため）。

〝21世紀枠〟には「誰よりも一生懸命練習してきた選手」でもいいだろうし、「誰よりも声を出してきた」とか「日頃の行いがいい」「人望がある」など、全選手から慕われている、あるいは見本となるような選手が望ましい。もし、全選手のうち80％の票を集めるような選手が出てきたら、私は必ずベンチ入りしてもらうつもりだ。

卒業後を考えた取り組み
――野球だけうまければいい時代は終わった

ほんの10年ほど前まで、強豪校で甲子園出場などそれなりの結果を残せば、誰でも大学に進学できる時代があった。

しかし、近年は教育改革の一環で大学入試制度なども大きく変わりつつあり、かつての「野球だけうまければどうにでもなる」という考え方は通用しなくなっている。

本校に入学してくる選手の親御さんの中には、「うちの子は野球だけしとったらええんです」というような時代錯誤の方もたまにお見受けする。だから私は、保護者のみなさんには事あるごとに「時代は違います。〝甲子園出場〟などの経歴があっても、今は学業でもしっかりと成績を残さないと上には進めません」とはっきり伝えている。

入試改革の一環で、スポーツ推薦やＡＯ入試であっても「評定３・０以上」などとしっかりと評定数値を表す学校が増えてきた。今までは評定２・８で受けられた学校であっても、「評定３・０以上」と定められれば、その数字をクリアしなければ受験すらできないわけだ。

幸い、今の時代はインターネットによって、自分の進学したい大学の情報を瞬時に検索できる。各大学のホームページには、スポーツ推薦の入試要項なども詳しく載っている。評定はいくつ以上か、また部活動での実績はどういったものが必要なのか（都道府県大会のベスト４以上など、各大学によっていろいろと設定されている）、そういった必要な情報はすべてネットで収集することができるのだ。

昔は〝甲子園出場〟という実績があれば、ある程度大学進学も融通が利いた。だが、今はもうそんな時代ではない。勉強をがんばるのはもちろんだが、授業態度や提出物の期限を守るといった普段の生活態度も、しっかりしていくことが重要なのである。

スタッフを分業制にすることでチーム力がさらに上がった

昔は私ひとりでチームを見ていたため、なかなかすべての選手にまで目が行き届かないところがあった。

そこで年数をかけて少しずつスタッフを増やしていき、今では複数のスタッフを置いて、コーチやトレーナーなどそれぞれが役割を担う「分業制」でチームを運営、指導している。

現在、履正社野球部に携わってくれているスタッフは次の7名である。

・部長　松平一彦（体育教師）

・コーチ　広瀬哲志（外部）渉外担当
・コーチ　多田晃（社会科教師）※元教え子
・コーチ　百武克樹（外部）ピッチング担当
・トレーナー　木村聡
・トレーナー　平嶋大輔
・トレーナー　春木淳二

このように専門のコーチやトレーナーに来てもらったことで、チームの細部にまで目が行き届くようになり、チーム力は着実に高まっている。

第4章でも少し触れたが、ピッチングコーチの百武さんは長崎日大→亜細亜大→パナソニックという野球人生を歩み、今は現役を引退して会社員を続けながら、週末になるとうちの投手陣を見てくれている。彼が来てくれたことで、うちの投手力は格段にアップした。

部長とコーチのみなさんはみな40歳前後と若く、いろんな面で私をカバーしてくれている。3人のトレーナーは日替わりでやって来て、選手たちの体調を管理してくれている。3人で情報の共有を密にし、どの選手がどのような状態にあるかということもきっちり把握してくれている。春木先生は家で治療もしており、針も打てる。だから選手によっては、そのような治療を受けることもある。

いずれのコーチ、トレーナーとも私は現場できちんと会話をし、その他にもラインやメールなどで連絡を取り合い、情報の共有はしっかり行うようにしている。

また、今ご説明したコーチ、トレーナー以外にも、第4章でご紹介した管理栄養士の方が2名いらっしゃる。こういった方々の厚いサポートがあるおかげで、私たちは野球に打ち込めているのである。

これからの高校野球を考える　その❶

サイン盗み

2019年のセンバツでは、「サイン盗み」が問題となり、社会的にも大きな話題となった。

サイン盗みは今に始まったことではなく、私が高校球児だった時分からずっと続いてきたことである。それが高校野球では１９９８年から「マナーの向上」として禁止となった。

「大会規則９」には、次のように記されている。

「走者やベースコーチなどが、捕手のサインを見て打者にコースや球種を伝える行為を禁止する。もしこのような疑いがあるとき審判委員はタイムをかけ、当該選手と攻撃側ベンチに注意をし、止めさせる」

だが、このサイン盗みは「マナー違反」ではあるが、罰則規定があるわけではない。

世の中の意見もいろいろあり、監督の出すサインを含め、サインは表に出されているものなのだから、それを「盗む」と解釈する考え方自体がおかしいという意見も存在する。目の前にさらされている情報を味方に伝えて何が悪いのか、という意見だ。

履正社ではサイン盗みは行っていないと断言できるが、私は個人的には禁止なら禁止とはっきり定め、罰則も設ければいいと思う。そしてどうせやめるのであれば、高校野球だけではなく、少年野球から社会人野球まで広く禁止として徹底するべきだとも感じている。

罰則などがない今のままでは「バレなければいい」という、やったもん勝ちの状況は変わらない。高校野球が「教育」だというのであれば、「正直者がバカを見る」というような今の状況は一刻も早く変えなければならない。

私は勝利至上主義ではないので「何が何でも勝たなければ」とは思わないが、選手たちの人間性を磨くためには「勝つ」という要素は欠かせないとも考えている。

だが、中には「勝つためなら手段を選ばず、ルール違反にならなければ何をしてもいい」という考え方の人もいる。だからこそ、サイン盗みをやめさせるのであれば、「それはルール違反です」と明確に定めた罰則が必要だと思うのだが、みなさんはどうお考えだろうか。

これからの高校野球を考える　その2

球数制限

全日本軟式野球連盟は2019年2月に、軟式球でプレーする学童野球の投手の投球数を一日70球以内とする球数制限を、8月の全国大会から導入すると発表した。

また、この発表に先駆け2018年の年末には、新潟の高野連が2019年の春季新潟県大会から、1試合あたりひとり100球までとする球数制限を導入すると発表。こちらはその後、導入が見送られることになったが、「球数制限」という問題が全国に広く知られるきっかけとなった。

この球数制限も「サイン盗み」同様、いろいろな意見がある。ピッチャーが何人もいる強豪校はいいが、ピッチャーがひとりしかいないような人数の少ない弱小チームはどうしたらいいのか。そんな意見も耳にした。

私は球数制限自体に反対はしないが（ピッチャーのケガ防止という意味において）、もし本当に球数制限が実施されたら、野球そのもののスタイルが今とは大きく変わってしまうと思っている。

たとえば1試合で100球までと制限されれば、どんなにいいピッチャーでも、あるいは好投を続けているピッチャーでも100球を超えれば交代となる。

すると、好投手を相手にした場合「フルカウントになるまでみんな粘れ。とにかくピッチャーに球数を投げさせろ」という作戦も当然用いられるようになるだろう。

日本の野球界はプロ、アマ問わず「試合時間の短縮」を目指して、近年さまざまな取り組みが続けられてきた。しかし、球数制限が導入されると、好投手を降板させるための作戦によって、試合時間はきっと長引くことになるだろう。これは明らかに時代の流れに逆行するものであるし、「試合がつまらない」ものになって、さらなる「野球離れ」を引き起こしかねない。

もちろん、一番大切なのはピッチャーを酷使しないことであり、ピッチャーの健康管理に最大の配慮をしなければならないことは私もよくわかっている。だからこそ球数制限のような規則を設ける以前に、各指導者が「ひとりのピッチャーを酷使しないチームづくり」をしていくべきだとも思う。

学童野球で球数制限の動きが出てきたのは、とてもいいことである。また、リトルリーグやボーイズリーグにも独自の球数制限がある。高校野球もそういった全体の流れに合わせつつ、最善の道を模索していくことが今後も求められるだろう。

大阪を勝ち抜くのも、甲子園で勝ち上がるのもどちらも難しい

夏の大阪予選を戦い抜き、さらに甲子園でも勝ち上がっていくのは、どんなにいい選手が揃っていたとしても容易なことではない。甲子園に出て戦えば戦うほど、私はそれを痛切に感じる。

激戦区・大阪の場合、日本最強の大阪桐蔭を倒さなければ、甲子園への切符を手にすることはできない。また「強豪」と呼ばれる学校は大阪桐蔭以外にも、第1章でご説明したように何校も存在する。甲子園で勝ち上がるのも難しいが、大阪を勝ち抜くのも相当に難しいことである。

予選に臨む際、私は1回戦では相手がどのチームだろうと「エース」を先発に立てる。エースナンバーである「1」以外のピッチャーが先発をしたことも何度かあるが（たとえば10番とか）、その際も「1」と「10」はダブルエースと呼んでいい存在であ

り、「10」のほうが調子がよければ当然そちらを私は先発に立てる。

大阪の予選では、舞洲ベースボールスタジアムが試合会場としてよく使われるが、この球場も甲子園も大阪湾に面した海沿いにあるため、風がとても強い。

甲子園は「浜風」と呼ばれるライトからレフトへと抜ける風でおなじみだが、舞洲はバッターから見ると風がアゲンストの時が圧倒的に多い（たまにフォローの風が吹く時もある）。

どちらの球場も風が強いので、私は試合前のミーティングで選手たちに「カバー100％」を徹底して伝える。

カバー100％とは内野同士、外野同士だけでなく、内外野の間に飛んだフライ、さらに内外野の連携においても、しっかりとカバーに入りなさいということである。どんなに簡単なフライであっても、球場の風にあおられて目測を誤りエラーすることは十分に考えられる。それをいち早くカバーして、ランナーの進塁を少しでも防ぐ。そういった何気ないカバーが、ギリギリの戦いを勝ち抜いていく上で大きなポイントとなってくるのだ。

最初に甲子園に出て初戦敗退を喫し、その後二度目の甲子園出場まで9年の歳月を要し、そこでも初戦敗退。「甲子園で勝つのは難しい」と感じていたところ、智辯和歌山の髙嶋仁監督（当時）とお話しできる機会があり、「岡田君、何言うとんねん。私なんか初出場から5回連続初戦敗退だよ」と聞かされた。後に甲子園の歴代最多勝記録を打ち立てる名将でも5回も勝てなかったのか、と少し救われた気持ちになったことをよく覚えている。

予選にしろ、甲子園にしろ、勝ち上がれば勝ち上がるほど、ピッチャーのやりくりには頭を悩ませる。「次を考えて」なのか「目の前の一戦に全力で」なのか。毎年そのせめぎ合いだが、履正社の監督を続けていく以上、この悩みから解放されることはない。私のできることはその都度、最善の道を模索していくことだけである。

「打倒・大阪桐蔭！」と気張らず、自然体でこれからも戦う

「日本最強の大阪桐蔭と同じ地区で大変ですね」と言われることも多いが、私は大阪

桐蔭と同地区にいることをネガティブに捉えたことはない。

むしろ、強豪の多い大阪という地区で、お互いに切磋琢磨しながらそれぞれが技を磨き、強くなっていければそれが一番いいと思っている。

もちろん、ここまで何度も述べてきたように、大阪で勝ち上がるのは簡単ではない。しかし、勝ち上がるのが難しいのは大阪だけではなく、出場校の多い神奈川、愛知、東京、千葉、兵庫、福岡なども状況は同じだと思う。

昔、ＰＬ学園が大阪最強だった時代は、私も選手たちに「打倒・ＰＬ学園！」と叫び続けていたが、今は大阪桐蔭に限らず「打倒・〇〇！」と選手たちに意識させることはあまりしていない。

私がそういうスタンスなので、選手たちも「大阪桐蔭を倒さないと甲子園に行けない」ことは理解しているが、取り立てて大阪桐蔭を意識しすぎているようにも見えない。普段のそういう姿勢があるから、実際に大阪桐蔭と対戦してもそれほど気張らずにいい試合ができているのだと思う。

２０１８年の夏、予選の準決勝で大阪桐蔭に悔しい負け方をし、その後の秋の大会では後輩たちが見事にリベンジを果たし、センバツ出場も成し遂げてくれた。

大阪桐蔭は選手一人ひとりが「考えて」野球をしている。相手の隙を突き、次の塁を狙うという走塁の意識もとても高い。ちょっとでも油断したり、ミスしたりすれば、大阪桐蔭は容赦なくそこに付け込んでくる。

昨年の秋の大会でうちが勝ち、センバツにも出たことによって、2019年の夏は大阪桐蔭も「打倒・履正社！」に燃えているに違いない。

しかし、私たちはどんな時でもチャレンジャーである。選手たちも誰ひとりとして「自分たちは強い」などと思ってはいない。来る夏の大会、履正社はいつも通り、どんな相手が来ようとも自然体で臨むだけである。

甲子園準優勝2回、これから目指すは全国制覇のみ

2019年のセンバツ出場が決定した際、取材に来た記者の方から「岡田監督、センバツではどこまで行くのが目標ですか？」と質問された。私の中にあるのは「優

勝」だけなので、すぐに「もちろん優勝ですよ」と答えた。過去準優勝2回の履正社が「今回の目標はベスト8です」とか「とりあえず1回戦突破です」と言うこと自体がちょっとおかしいし、その代の選手たちにも失礼ではないかと思うのだ。

履正社の監督となって30余年、私は勝つためのノウハウをコツコツと積み上げてきた。そのような経験と、準優勝2回という実績があったら、もうあとに残っているのは「全国制覇」しかない。2019年のセンバツに出場した時も、私は選手たちに「目指すのは全国制覇やぞ」と伝えていたし、これからもそのスタンスが変わることはないだろう。

ただそうは言っても、全国制覇への険しい道のりを一番自覚しているのもこの私である。智辯和歌山の髙嶋前監督からは「1番と2番はえらい違いやぞ」と何度も言われたが、まだ1番になったことがないのでその差がまったくわからない。

甲子園で勝ち上がっていくには、実力はもちろんだが、その他にも運や流れなど、いろんな要素が必要である。甲子園の決勝戦という「最大の壁」を越えるのは、本当に難しいことなのだ。

準優勝2回。今一歩優勝に手が届かないというのは、監督である私自身の弱さというか甘さのようなものがどこかにあり、それが結果として表れているのだと思う。

髙嶋前監督の他、名監督として知られる横浜高校の渡辺元智前監督とも面識があるが、おふたりに「甲子園の決勝で勝つにはどうしたらいいんですか？」と聞いたことはない。選手たちに「考えて動け」と言っている手前、私もどうやったら全国制覇できるのか、それを考え続けていかなければならない。そしていつの日か、しっかりと結果を出したい。私が今目指しているのはその一点である。

全国の指導者の方々へ
——野球界全体で危機感を持とう

ニュースなどで報じられている通り、野球競技者人口は年々減少を続けている。プロ野球の観客動員数は増え、甲子園も相変わらずの人気だというのに、野球をプレーする人数が減っているという。

野球競技者人口の減少の理由はいくつもあるのだろうが、よく言われているのが野球をする子供の数が減っているということである。野球よりサッカーをする子供が多い、そもそも少子化で子供の数が減っている、などいろんな意見があることももちろん承知している。

だが、このまま手をこまねいているだけでは、野球競技者人口は減少の一途をたどるだけだ。今こそプロ野球界を先頭に、野球に携わる人たちが行動を起こさなければならないと思う。

私たち高校野球の指導者だけでなく、少年野球から大学野球、そして社会人野球まで、全国の野球指導者がまずは危機感を持ち、「野球競技者人口を増やすにはどうしたらいいか」を考えて積極的に動いていく。そのためには、とにかく野球をする子供の数を増やしていくのが先決である。

放っておいても子供たちが野球をしていたのは、はるか昔の話だ。いつまでも昭和の時代のようにあぐらをかいている場合ではない。

幸い、横浜ＤｅＮＡベイスターズの筒香嘉智選手のように、プロ野球界にも危機感を持って、球界への提言を発信してくれる人が出てきた。筒香選手のように若く、人気のある選手が危機感を表明し、動いてくれることは本当にありがたいことである。

私たち高校野球の指導者も「自分は何ができるか?」を考えて、動いていかなければならないだろう。

子供たちが野球ではなく、サッカーをはじめとする他のスポーツに流れていってしまっているという現状を謙虚に受け止め、私もそうだがアマチュア野球の指導者は今一度足元を見つめ、時代に即した指導法を取り入れていくのが大切だと思う。

若い指導者の方々は本を読んだり、先輩方の話を聞いたりしながら、貪欲に「指導法」というものを学んでおられる。しかし、私のようにある程度年齢のいった指導者は、「俺はこうなんだ」と自分の続けてきた指導法にこだわるあまり、柔軟性にやや欠ける人が多いのもまた事実である。

全国各地の強豪校の監督さんは発言力もあり、地域に対する影響力も大きい。それぞれに培ってきた指導法は、もちろん大切にしなければならない。だが、時代に合わせ、あるいは選手たちに合わせ、指導法を少しずつアレンジしていくこともこれからは求められる。私たち年配の指導者こそ、最新の理論、指導法などを勉強し、新たな知識を蓄えていかなければならないと思う。

球児のみなさんへ
――結果が出なくてもあきらめるな

高校生活は3年間だが、その中で野球をしている期間は実質、2年4～5カ月である。そう考えると、長い人生の中で高校野球をしているのは「ほんの一瞬」である。高校球児のみなさんには、その2年ちょっとの野球生活を一瞬たりとも無駄にせず、悔いのない高校時代を過ごしてほしいと思う。

高校野球をするのは「ほんの一瞬」だが、野球に、勉強にと真剣に取り組めば取り組むほど、その「ほんの一瞬」は濃密になっていく。

先ほども述べたが、野球がうまくなりたいのであれば、日常の生活からしっかりと正していくことが重要である。

野球をするのは放課後の練習からではない。朝起きて、家族に「おはよう」とあいさつするところから、野球がうまくなるための練習はすでに始まっている。ご飯を食べたら食器を片付ける、帰ってきたら洗濯物を出す、部屋の整理整頓をする、十分な睡眠時間を取る、そういった生活のことすべてが野球につながっていることを忘れてはいけない。

時間にルーズな人は、いろんなことに間に合わなくなる。忘れ物の多い人は、ボーンヘッドも多い。日常生活をどのように過ごしているか、それはグラウンドのプレーを見ていればすぐにわかる。

一生懸命やったのに結果が出ないこともあるだろう。でも、結果が出ないからといって練習をやめてしまったら、そこですべてが終わってしまう。

みなさんがいる現在地は、長い人生を考えれば「スタート地点」である。高校、大学を卒業し、社会人となった時、みなさんは「この世の中は結果が出ることよりも、結果が出ないことのほうが多い」という事実にきっと気づくはずである。だから今、結果が出ないからといってあきらめてはいけない。成功も失敗も、良いことも悪いことも、すべては未来の自分につながっている。だから高校時代という濃密な時を、一瞬たりとも無駄にしてはいけないのだ。

また「いい結果」が出るまでに、とても時間がかかることもある。そのまま続けていれば結果は出るのに、その手前で「やっぱり無理だ」とあきらめてしまう選手を私はよく目にする。私はそのような選手に対して「忍耐力って知ってるか？　人間は我慢することも大切なんやで」と話す。

モノがあふれる今の時代、若者たちは幼い頃から「欲しい」と思ったものはすぐに手に入る、あるいは親が差し出してくれる環境で育ってきた。だから履正社の選手たちを見ていても思うのだが、総じて「我慢」が足りない。私は、そんな選手を見かけるたび「もうちょっと我慢して続けてみなさい。そうすれば、きっと何らかの結果が出るから」と諭している。

すぐに結果は出ないかもしれない。でも、あきらめないでほしい。高校時代に結果が出なければ大学でまたがんばればいいし、大学でも結果が出なければ社会人になってからがんばればいい。みなさんの人生は、まだ始まったばかりなのだ。

おわりに

本書では、30余年に渡り培ってきた履正社の野球、そして私の指導法、さらに野球界に対する思いのすべてをお話しさせていただいた。

本文の中でも述べたように、甲子園で2番（準優勝）になったのが2回。これから先、私が目指すのは2番と1番の間にある大きな差をいかに埋めていくか。もうすぐ私も還暦を迎えるが、自分の野球人生の集大成として何としても結果を出したいと思っている。

2018年、智辯和歌山の髙嶋仁監督が第一線を退き名誉監督となられた。令和という新しい時代を迎え、あらゆる部分で「時代の変わり目」を感じているが、私はまだ引き際を考える年齢でも健康状態でもない。ただ、履正社の今後を考えると、選手たちを育てるのと同様、「次の監督」を育てることも私の使命だと強く感じている。

学校の関係者のみなさんも「体が続く限り監督をやったら？」と言ってくださる。

でも、そういった環境に甘んじていていいのだろうか、と思う時もある。

野球を教えるために、小学生でもなく、中学生でもなく、高校生を選んだのは、私の性格、資質に高校野球（高校生）がもっとも合っていると思ったからだ。そして、こうやって履正社で30年以上指導者を続けていられるのだから、その選択はきっと間違っていなかったのだろう。

高校野球を通じて、高校生に指導を続けていく中で、この私自身がとても成長させてもらったと思う。

履正社の選手たちを甲子園に連れていってあげたい。私が指導を続けてくることができたのは、その思いがあったからである。

ここ十数年、選手たちが履正社に在学している間に、最低でも1回は甲子園に出場することができている。要は春・夏問わず、3年に一度は必ず甲子園に行っているということだ。

近年では、ヤクルトに入団した寺島成輝がいた時代に、その記録が途絶えそうになったのだが、彼らは最後に地力を発揮し、２０１６年の夏に私たちを甲子園に連れていってくれた。

あまり誇れることのない私だが、この「選手たちを必ず甲子園に連れていき、卒業させている」という結果に関しては誇りを感じている。

「野球競技人口」の減少問題。私は野球界に恩返しをする意味でも、野球競技人口の増加に向けて微力ながら力を尽くしていきたいと思っている。

本書をご覧になった球児のみなさん、指導者のみなさん、そして野球ファンのみなさんが何かを感じ、それぞれができることをちょっとでも考えてくれたら、著者としてこれほどうれしいことはない。

２０１９年６月　履正社高校野球部監督　岡田龍生

教えすぎない教え

2019年７月12日　初版第一刷発行
2019年８月25日　初版第二刷発行
著　　者／岡田龍生

発 行 人／後藤明信
発 行 所／株式会社竹書房
〒102-0072 東京都千代田区飯田橋2-7-3
☎03-3264-1576（代表）
☎03-3234-6208（編集）
URL　http://www.takeshobo.co.jp

印 刷 所／共同印刷株式会社

カバー・本文デザイン／轡田昭彦＋坪井朋子
協力／履正社高校野球部
カバー写真／岡沢克郎（アフロ）
編集・構成／萩原晴一郎

編集人／鈴木誠

Printed in Japan 2019

乱丁・落丁の場合は当社までお問い合わせください。
定価はカバーに表示してあります。

ISBN978-4-8019-1942-6